光点

山岡ミヤ

集英社

光点

すっかり葉が散った枝の透きま、そこから漏れる光の先には、プラスチックの弁当箱が捨てられている。きのうから一日も経たないでまた通るのはおなじ道。何日かまえまでは通らなかった。

自転車で小学校のまえの信号を渡ると、猫が股に挟んだ尻尾のようなうねった坂があって、時折ブレーキをかけながら走り抜ける。干からびてしわだらけの田があたりに広がってゆき、やがて尖端のささやかにふくらんだ八《や》つ山があらわれた。山の入り口には社務所があって、きのうは硝子戸から老人がストーブをつけたままねむっていたのが見えたけれど、きょうは誰もいない。

社務所のかたわらに自転車を停めたわたしは、頑丈なゴム製のチェーンを巻きつけてから、入り口にそびえる白色の鳥居をくぐる。生まれたときから棲んでいる町、雨があがると決まって養鶏場のにおいが風に乗ってきて、生きものの気配が鼻をかすめるこの町にある八つ山に参拝する人は、正月のほかにはほとんど見られない。

山腹にある境内にゆくまでの参道の石段を数えてみれば二百ほど。まえ屈みになって、くぼみのある石と石のあいだからのぞく草を踏みながら石段をのぼりつづけるうち、境内が見えてきた。手水《ちょうず》舎《や》にむかいみぎ手で柄《ひ》しゃくを持って、ひだりの手のひらから水をかけてゆく。神前にすすんだわたしは、ダウンのポケットにいれていた財布から小銭を取りだした。五円玉の真んなかには、少しのゆがみもない丸い穴が開いている。

冬のそとの空気は肺にたくわえられるだけでなくて、手袋をはめていない剝きだしの手指や顔をさした。冷たい膜がからだじゅうに張りついたようで、エアコンを高めの温度に設定したけれど、なかなか自分の部屋はあたたまらない。子どものころから使っている座高のあわない椅子に座っていると、けたたましい室外機の音に混じってアスファルトを引きずる足の音が耳にはいってきた。石と石をこすって火をつけて、吹き寄せられた枯れ葉や、なにもかも焼き尽くそうともくろむ音を起こしているのは誰なのか、耳で訊いただけではわからない。

「どこいってたの」

鍵がついていないドアのむこうから母の声がすると思ったら、すでに母は部屋のなかにはいっていた。

「あんたいままでどこいってたの」

「工場」

「いつもの時間じゃないじゃない」

「でも、工場へ、いってたの」

「どこか寄り道してたでしょう」

「忙しかったから、残業を、してたの」

「いつからそんなにあんたは偉いの。人を待たせるくらい偉いとしたらいつからよ」

「偉く、ないよ」

「なんであんたに時間をあわせなくちゃいけないの。それに、夜遅くに働くとかやめてよね。工場が深夜働けっていってきてもやめてよ、あんたにあわせると狂うのよ時間が。あんたにあわせるってことは、わたしの時間が奪われるってこと。そういうことあんたにわかる？」

わたしがどこへいっているのか、いくら母がにおいに執着して嗅いでみてもわからないだろう。味とかたちの整えられた弁当工場の食べもののにおい、しらないうちに服のなかで発酵してくる汗のにおい、わたしはあらゆるにおいに包まれている。

「わたしがあんたの時間にあわせることなんて絶対ないから」

「わかってる」

「わかってる？　わかってるなんてあんた、なににたいしていってるの」

「あわせる、ってこと」

「わかってるの？　まあいいわ。とにかくね、あんたにあわせて仕事するなんてばかばかしいの。せっかくお父さんがはやく帰ってきたんだからおりてきなさい」

わたしは母のことばに反することなくうなずいた。いま母のまぶたのうえには最近までつけていたきらめく色の粉でなくて、脂肪が被さっている。

「はやめに夕飯にするから。お腹が空いてるの」

母がでていって少ししてから、階段をおりてゆく。リビングには、ちょうど尻の部分に汗じみができた布張りのソファで珈琲を呑んでいる父がいた。それが珈琲だと、台所のシンクから漂うにおいでわかった。おそらく珈琲フィルターが三角コーナーに捨ててある。わたしは楕円形の食卓の椅子に座った。

食卓に置かれているのは袋にはいったバウムクーヘンと厚みのある日記。日記の中身はほとんど毎日変わってゆく。はやく夕飯をつくらなきゃ、といいながら母は、リビングとつながっている台所からソファに移って、わたしの帰りが先週と比べて明らかに遅くなっていると父に伝える。

「もう師走だから、実以子《みいこ》も忙しいんだろう」

「そうかしらね、いつも工場っていうから。生まれたときから工場しかしらないみたいに。とりあえず工場っていっておけばすむと思って、工場って連呼してるのよ」

まるでわたしがいないかのように、母はわたしのことについて話しつづける。ここ数か月のあいだ、いままで控えていたさまざまな食べものをからだに迎えいれるようになった母のからだは、みるみるふくれた。たるんでゆく変化、それに毎日抗っていたはずなのに、いまでは細胞に糖分と油分をあまるほど与えるのが習慣になりつつある。セーターのちょうど腹部の生地が伸びている母は、そこに誰かを隠していそうに見える。

「きょうね、合い挽き肉が安かったの」

ようやく台所で支度をはじめた母が、父に訊こえるようにいった。

「六百グラム買ってきたんだけど、もう少し買えばよかった。あなたハンバーグ好きだから、好きでしょう？」

ふつうだよ、という父に、母の尖った声が被さる。

「ハンバーグなのに生パン粉がない、ちょっとないんだから買ってきなさいよ実以子」

そう母がまくしたてると、おれがいくよ、と父が答えた。

「お父さんはいいのよ、忙しいんだから。疲れてるんだしとにかくね、せっかくはやく帰ってきてくれたんだから」

「いいよ、おれコンビニにいこうと思ってたから。スーパーまですぐだよ」

「ハンバーグは久しぶりでしょう。生パン粉よ必要なのは。それをいれるといれないのとじゃ大きく違ってくるわけ。実以子にいかせるから、だってなんでお父さんが生パン粉なんて買わなくちゃならないの」

スーパーにゆくためにリビングをでようとするわたしに、ごめんなと父がいうけれど、訊こえない振りをする。まえはすんなり受け取れた父のことばが、あの日から引っかかるようになった。

「パン粉はふつうのじゃなくて生のね。間違えないでよ。二百円忘れないでよ」

さっき別れを告げたばかりのそとにふたたびでる。誰のものかわからない足音はすでにやみ、靴か石かそのほかの、こすれた跡すらついていない。

息が荒くなる。母が見つけてきた弁当工場と家とを往来するだけ、四年近く、ほとんど歩いてこなかったせいだ。けれどこれでも少しだけ慣れた。はじめはもっとはやくにからだがへたばった。時折ひだり脇にある錆びた手すりにつかまって、石段をのぼってゆくと、胸のあたりが汗ばむのがわかった。ダウンのファスナーを胸までさげる。身につけているものをすり抜けた風が、肌を冷やしていった。

人の体温について、わたしがまだ小学生だったころ、体育の授業でふたりひと組みになってお互いの脈をはかったことがある。苦しくもないのにそのときの脈は一三〇か一四〇かで、クラスメイトの女の子が、なんかはやくてすんごいおかしい、と呟いた。女の子がくっつけていた手を離したあと、わたしは自分の手首に指を宛てがった。指に感じたのは女の子のぬくみかわたしのぬくみかわからない熱で、子どもだったときのからだは一日を生ききってもなお、熱が残っているものなのかもしれなかった。子どものわたしが発していた音は、からだのなかの叫びのように強かった。確かに手首から流れていた音のはずなのに、からだに触れさえすればどこからでも訊こえてきそうだった。血にも音があるのをしった。あれから十年くらい経ったけれど、わたしはまだこの町にとどまりつづけている。

　石段をのぼりきって、生活の跡がついた手と口を手水舎で清めてからすすんでゆく。賽銭箱に小銭をいれて太縄を揺らすと、人ひとりいない境内に鈴の音が飛びまわった。頭を二度さげて礼、そして柏手を二度打って眼をつむる。まぶたのうらがわにいくつもの光が散らばってゆく。光をつかもうとしてみても手をあわせたままのわたしは、そのうちのひと筋さえつかみ損ねてしまう。

　いつもの流れを終えると、手のひらから汗がにじんでいた。ほかにもからだのあちこちに汗をかいてぬめっているように感じ、ハイネックのニットを引っ張って首筋に手をあてると、肌がしめっていた。境内を背にしたわたしは、茂る木のざわめきに追いたてられながら石段をおりてゆく。一段ずつ石の高さも違えば踏み幅も違うせいで転びそうになり、ひざに力がはいる。

　生きものの骨のような鳥居をくぐると、社務所のかたわらに自転車を見つけた。その横には男がしゃがんでいる。

「これはさ、きみの自転車？」

　男が立ちあがりながらいう。地面には、冬眠のさなかのはずの蛇がうねり、自転車に近づくことができない。

「ぼくじゃないよ」

「……はい？」

「チェーンのロックをはずしたの」

男が指さした先をよく見るとそれは時季はずれの蛇でなく、いつも自転車に巻いているゴム製のチェーンだった。

「自分のじゃない自転車に乗ってく人ってたまにいるから、気をつけたほうがいいよ。なんてことない顔で乗ってくんだ」

わたしよりも歳がいくつかうえだろう男は、声をひそめていった。

「盗むのはサドルだけだったりもするけど」

「あの」

「きみに疑われてもしかたないか。でもね、ぼくじゃないんだ」

男はチェーンを拾いあげてわたしに近寄ってくる。

「返すよ」

わたしは男が持っているチェーンを摘まむようにして取って、自転車のかごにしまった。

八つ山のしたを流れる川は隣町までつづいている。夏のたびに溺れ死ぬ人がいるせいか、数日まえも川縁に弔いのための花束が置かれていた。小ぶりな花のまとまり、いくつかの種類の菊でできた花束は、眼が覚めたばかりのまばたきのような花びらをしていた。

きょうはいつもよりはやい時間に工場をでて山にむかったのに、空はすでに黒ずんでいる。

八日まえの木曜日、工場で惣菜を詰めていれば、隣町になんてゆかなければよかった。すべてあの日がいけなかった。手帳には工場にゆく時間を記すだけ、短い距離の往復のなかで、つかのま町からでて映画を見たり日用品を買い求めるのが、わたしにとってのひそやかな光だった。

わたしの町には電車が通っていないから、映画館や大きなドラッグストアのある隣町へゆくのにはバスで一時間ほどかかる。ふだんは町からでることがないけれど、一日もしくは半日だけの限定でそとへでかける日が、工場のない日だった。あの日わたしはエアコンの効いているバスに酔いながら隣町にゆき、ゆっくり息を吸いこんでから店にはいり、厚手の靴下を買った。軽やかな冬を感じさせたのは雪の結晶の模様。

店にある靴下のなかから、その一足を指の腹で確かめると、丁寧に編まれた糸がわたしの皮膚に挨拶したように思えた。席が混むのを避けるため、昼まえにはいった喫茶店で注文したあたたかくもないホットサンドからは、指で摘まむだけでマヨネーズが溢れだした。午後になるにつれて町に人が増えてゆき、すれ違いざまの咳払いや会話は、さまざまな大きさの枯れ葉の束になった。

もの静かな地面を捜しながら映画館のまえを通ると、硝子戸に何枚かのポスターが貼られ、どれもしたのほうが剝がれかかっていた。その近くに立つ、くせのある髪の毛が揺れる中年の男に見覚えがあった。父だった。母のつくった弁当を持って広告の会社にいっているはずの父が、平日のその時間に映画館のまえにいることはありえなかった。父の働く会社があるのはわたしの町でも隣町でもなく、バスと電車をふたつ乗り継いだ駅のそばで、映画を一本見終えることができるくらいの時間をかけて会社に通っている。会社にゆく朝の父との答えあわせをしたかったけれど、わたしと父はしばらくまえから、朝の時間が一部分も重ならなかった。わたしは道路を挟んだむかいにある自販機の脇に隠れ、家にいるときとは違った父の顔を見つめた。おなじ工業団地のなかの、わたしとはべつの場所で働いている母を見かけたことはまったくないのに、父にはたやすくでくわしてしまった。

くぐもった色の空と父とを交互に眺めていると、父はその手を控えめに振った。目立たないように、けれど自分がいるのをちゃんとしらせている振りかただった。そこに立っていたのは、いつも母の感情がわたしにむくのをさりげなくほかのことへ逸らしてくれる父で、わたしは声をださずにお父さんと呼んだ。手を振っている父に振り返せなかったのは、それがわたしに贈られた手のひらでなかったからだ。

父に手を振られた女の顔は冴えなくて、うつくしくもなければみにくくもなかった。あいらしさやあたたかみを他人に感じさせない顔のつくりをしていて、母よりも歳がうえに見えた。コート、スカート、髪の毛、鞄のひも、そのどれもが長く、とくにスカートは地面につきそうなほどで、足元がどうなっているのかわからなかった。女のからだのかたちを隠している服に古めかしいところはなく、清潔そうでさえあり、紙袋を持った手にはめられている手袋が小ざっぱりして見えた。

自販機の陰になったわたしのまえを女が通りすぎるとき、かさかさ、虫が動くような音がわたしの耳に届いたと思ったら、甘いのと焦げたのがあわさったにおいが鼻腔にはいってきた。女は紙袋を抱え直し、底のほうに手を添えていた。紙袋には、ぺてぃと・あぷれ・ぴえ、音にしてみればそんなことばが英語で記されていた。女は父のもとに辿りつき、紙袋をみぎひだりに揺らしながら笑っていた。閉じたままの唇は溺れたような色をしていて、いつまで経っても顔そのものに赤みがさす気配がなく、プチ・アップル・パイの紙袋を持つにはふさわしくないように見えた。やがて父は女にむかってか、紙袋にむかってか、しゃべりかけていた。家となにかがまったく違う父は、母と話しているときの筋肉がひくついた顔つきをやめて、口元をほころばせていた。そのまま父は、女のまえで頭をさげた。そして祈りはじめた。まぶたを閉じて手をあわせる父を見ながら、なぜそんなことをするのか、会社で必要な練習や演技をしているのかと、ふしぎでしかたなかった。いったいなにを頭に浮かべながら、そんなことをしているのか、考えあぐねた。映画館のまえで祈りをかたちづくっている父の姿はわざとらしく、わたしはそれを眺めながら、中学校にあがるまで毎年正月に、父と母と参拝にいっていたころの、ひとりいつまでも祈っている父を思いだした。あまりにも時間をかけて祈っているから、うしろで待っている参拝客ににらまれているのでないかと不安になったことがある。参拝のあと何度か父に、なにを祈っていたのか訊《たず》ねてみたら、隣にいる母によく訊こえるようにくっきりとした声で、お家のことをお願いしたんだよと、いっていたのはそればかり。父を黙って見つめている女の抱えた紙袋からは、油が少しだけしみでていて、やはりわたしにはその中身がプチ・アップル・パイにしか思えなかった。祈るかたちをやめた父は、女から紙袋を受け取った。

空いた腕をどちらからともなく絡ませて結びめをつくったふたりは、映画館へゆくえをくらました。


鳥居をくぐってから自転車を停めたところまでむかうと、このまえの男がしゃがみこんでいた。

「もしかしてキーの番号を変えた?」

「なんで、で、しょうか」

「キーのこと。こないだの、ぼくじゃないからね」

「はい」

「危ないからね、変えないと」

「危ない……」

「暗証番号は定期的に変えましょうってよくやってるよ」

わたしは、男の黒く伸びている髪の毛のつむじを捜すようにして、緊張を紛らわせた。地肌は密度のある毛に覆われていて、肝心のつむじが見つけづらい。

「毎回おなじことをしてる人って、記憶に残りやすいよね。一度だけじゃなくて何回もつづくとさ、まただろうなあって期待するんだ」

男が立ちあがってわたしとむかいあおうとする。自転車の鍵をはずしたわたしは、いつでも社務所のまえから去れるように身がまえた。そんなことよりさ、となにか面白いものを見つけたような声で、男はいった。

「きみは山に、なにをしに来てるの?」

わたしの口のなかはもちろん、かさついた地面にも、返すことばが見あたらない。

「ぼく近所に棲んでるんだけど、きょうだけじゃないよ。まえにも見たよきみのこと」

「あの、放っておいて、ください」

「明日も来るよ。絶対きみは来るね」


母はいつでも食卓に生成《きな》り色した日記を置いている。ものを食べるときすら日記はどかされない。わたしと母のふたりだけのときには父の定位置に母の文字の連なりが置かれて、食卓から消えたことがない。

わたしが中学校を卒業してすぐ、工場にゆきだしてから母の日記は登場して、わたしはまもなくそれに触れた。リビングに誰もいないときに日記をのぞくことにはじめはうしろめたさがあったけれど、寝室や本棚の奥に隠さずに食卓にあるのはきっと母がわたしに頁《ページ》をめくらせたいから、そう思いながらずっと読みつづけている。

ななめむかいに座ってうどんをすする母の眉間は、手足の短い昆虫の模様をしていて、まぶたの運動によって昆虫があらわれては消える。わたしたちはお互いにひとことも発さないまま、つゆがしみて茶色がかったうどんを呑みこんでゆく。うどんを挟んだ箸が顔に近づくたび、夕方までビニールの手袋をへだててつかんでいた塩唐揚げの脂にまみれたにおいが鼻をなぶる。食欲がしぼむ。朝から触れてきた食べもののにおいが手にこびりつき、それは夜を終えても落ちなくて、明日に持ち越される。絵の具の色を重ねたようににおいが被さって、たとえひとつひとつなら控えめなにおいでも、やがて共倒れを起こして嗅覚を汚してゆく。ただひとつのにおいを選んで皮膚に移植するなんてことは、できないのだろうか。

ぬるくなったうどんのつゆで唇を濡らしているとリビングのドアが開く。父がよそゆきの顔をして立っていた。二杯めの丼を吸っていた母は箸を置き、お帰りなさあい、と父から鞄を奪った。夢のなかにいる子どもをあやすようにして母は、父の代わりに鞄を抱きしめる。父と母は二階へあがっていった。

つゆのなかに沈む長葱を箸で摘まむ。透明な長葱の繊維を眺めていたら、箸の先が欠けていることに気づいた。使いやすいのを隣町で買ってこなければならないけれど、とうぶん隣町までゆく気になれない。まえ歯や舌先で箸の欠けぐあいを確かめていると、頬とあごのまわりについた肉を揺らして、母が戻ってきた。母はふたたび座った途端に、もう冷めてしまったはずのうどんをすすりはじめる。

わたしは、うどんがまだ残っている丼、空の湯呑み、それと欠けた箸を台所に持ってゆく。壁を挟んだ浴室からは父が使っているシャワーの水音が訊こえてくる。シャワーヘッドの穴から噴きでる音をかき消すために、わたしは眼のまえにある蛇口をひねって、洗剤のしみこんだスポンジで食器を泡まみれにする。いま使った丼だけでなく、母がシンクに積み重ねる一日分の汚れを洗ってゆき、食べかすや脂がしっかり脱げているか指先で確かめた。どれだけ手肌が荒れていても、水の冷たさに痛みが生まれる時季でも、わたしはゴム手袋を使わない。ゴム手袋で覆われてしまえば、ささいなひとしずくの跳ね返りがわからなくなる。

このまえの休憩中、ゴムを使うととっても痛くてしょうがない、と母とおない歳くらいの工場の女の人たちが集まってしゃべっていた。生理はまだあと十年はつづくだろうから避妊をしないわけにいかないし、婦人科にいってピルをもらうのもいやだし、ゴムを使うと紙、そうそう水分を奪う紙がさしこまれたそんな感じ、旦那とのあとだと必ず不正出血みたいに錆びた血、鉄の錆びた色のがでるんだよね、とやたら舌足らずなひとりがいった。女の人たち、とくに舌足らずの人は、狭い休憩室で離れて座るわたしの顔の色が、液をつけた試験紙のように変わらないか、手足の動きがぎこちなくならないか、うかがっていたのを覚えている。まだ体感したことのない、そのゴムがからだにはいる様子を思うと、股のあいだがひりついてきて下腹部に溜まっている水が紙に吸い取られるような気になり、わたしは持っていたペットボトルの水をゆっくり口に含んだ。水だからお茶の葉が沈んでいるわけがないのに底が濁って見え、ペットボトルを何度か振りまわした。やがて舌足らずでないほかの人が、スーパーのなかにできる予定の体操教室について話しはじめた。

食卓に座ったままの母が、父のために鍋の火をつけておくようにと叫んだから、洗いものをやめてガスをつける。鍋の底めがけて火が起ちあがる。きのうは父と母がねむるまで待って、ふたりの寝室の扉が閉まってからしばらくして日記を開いた。表紙をめくるとついていたのは、まえの日にはなかったなにかしらの食べものをこぼした跡で、いつのまにかからだのどこかにできた傷が化膿した色にも見えた。きのうの日づけのところには、工場が終わってもすぐ帰ってこないわたしを待つことのばかばかしさについて記されていた。そこには、筆圧が強い母の文字が紙に叩きつけられていた。

唐揚げのにおいがする手指に、数滴の洗剤を垂らす。工場で触っていた唐揚げの衣は何重にも巻かれたように肉についていて、剝がれることがなかった。手のひらをこすりあわせる。薄いピンクの洗剤がわたしの肌理《きめ》にめりこんでゆく。

食卓では母がまだうどんを食べていて、その顔はいまにも丸い丼の底へ沈みそうに見える。

「お父さんはまだお風呂なの？」

「そう、みたい」

「はやくあんた、呼んできなさいよ」

「呼びに？」

「そうよはやくして」

わたしは鍋の火を消す。シンクにかかるタオルで手を拭っていると、母があからさまに苛立ちをあらわして、はやくしてはやくして、と急きたてる。

「はやくってことばの意味がわかるんだったらほんとうにはやくして」

「いま、呼んでくるから」

「手なんて拭いてるまえに呼んできて。はやくしてよ」

洗面所の扉を開けると、もうでるから、とうめくような声がした。父から剝がれてゆく角質はいま排水口に溜まっているはずだ。時折排水口からは三人分のからだから流れていった古びたにおいがする。

「もうでるからお母さん、そろそろどいてくれないか」

わたしはなにもいわずに廊下へでる。スリッパを床に何度もこすりつけて、すぐにリビングにはゆかないで、一分間をすりつぶす。


自転車の鍵がかかっているのを確かめて立ちあがると、道の真んなかを歩いてくる男が見えた。男の着ているダウンはくたびれて、手首のところから灰色のシャツの袖がのぞいている。

「また来たね」

男のいうことに答えずに、いつもの鳥居をくぐる。

「きょうは一緒にのぼってもいいかな」

思わず振り返って男を見ると、疲れているのか、いまにもねむりそうな顔をしていた。

「カムトっていうんだ」

「え？」

「ぼくの名まえ」

「名まえ、ですか」

「カムトって神さまを意識した名まえなのかな、もしかして」

男は問いかけとも独白とも取れるいいかたをした。神さまということばを軽やかに扱っているように思える男は、石段を踏んでゆくわたしについてくる。

「いつまで経っても教えてもらえないんだよ。名まえの由来」

控えめにあいづちを打つと、ひもじい猫の鳴き声のようになってしまい、カムトと名乗る男はにやけた。ポケットに手を引っこめた彼はゆっくり隣を歩いて、わたしの足のはやさにあわせている。

「山に誰かが来るとわかるんだ。ほら、きみの自転車が停まってるところがあるよね。ぼくの部屋の窓からからだを乗りだすと、社務所のまわりが見える。だから山に来る人はすぐわかるよ」

石段をのぼりきると手水舎が見えてくる。色の抜けた枝葉が時折かすれた音をあげる神社は、きょうも人がいない。

「あの、わたし、ここからは、ひとりで」

それを訊いた男はうなずいて、石段をおりてゆく。男の姿が小さくぼやけてゆくのを確かめてから、境内まで一歩ずつ、地面をこするようにしてむかった。

わたしは神前で祈ろうとする。こころみる。むかし参拝のまえに父から教わったやりかたをからだは覚えていて、その通りに祈るかたちをつくってみたけれど、うまく口から適したことばがでてこないのとおなじように、祈りと呼ばれるものはでてこなかった。隣町にいったあの日、映画館から家までの道を帰ってから、自分の部屋で父のしていた祈るかたちを再現しようとしたけれど、いつ部屋にはいってくるかわからない母に見られるかと思うと、わたしのからだは祈るかたちを取りづらくなって、せめてまぶたを閉じてみても、いつも暮らしているもののにおいがし、たとえば読み返さないのに捨てられなくて置いてある教科書や埃を吸いこんでしまったカーテン、それらのにおいに囲まれて、失敗した。つぎの日には工場の更衣室で、わたしひとりしかいないとき、祈るかたちをこころみた。帽子を取ったあとほどいた髪の毛にしみた揚げもののにおいや調味料のあわさったにおいにじゃまされて、ますます失敗し、気づいたら家に戻る道を越えて、しばらくゆかなくなった八つ山へむかっていた。わたしは父に祈られていた女を思いだしたくもないし、思いだしたくもある、どちらの気持ちもひとしくあって、自転車を漕ぎながらいつもの道でないところを走っていることに、からだのぜんぶが起きだした。


カムトにふたたび逢ったのは、わたしたちが最後に逢ってから一週間ほど経ったころ。気づいたら彼の名まえが口からこぼれていた。けれどカムトにはわたしの声が拾えなかったようで、少しだけ安心する。また来たね、と近づいてくる彼にむかって、わたしはうなずいた。

「じゃあ、またついてってもいい？」

黙ってわたしが歩きはじめるとカムトはうしろからついてきた。あたりには、わたしたちの衣服が着火しそうにこすれる音が響いている。

「きみみたいに毎日山に来る人がいたよ」

「そう、ですか」

「うん、毎日だったね。女の人だったんだけど、たぶん神社に参拝に来てたんじゃないかな。ちょうどいまぐらいの季節だったよ。それがさ、ジャージとかじゃなくてちゃんとした正しい格好で来てたんだ。礼服っていうのかな」

「そういう、人、いるんですね」

「毎日来る人？」

「はい」

「散歩のついでじゃなくて、参拝しに来る人ってこと？」

「はい、そうです」

「まあ、いるだろうね。そういう人を実際見なければいると思わなかったかもしれないけど、ちゃんと見たからなあ。眼を通して見たものって強いよ、確信が持てる。ねえどうしてきみは山に来るの」

カムトはふいに、茹で卵をつるりと一瞬で剝くように訊ねる。

「もしかして神さまのまえで祈ってるの」

「……神さまの、まえにいったら、祈らなきゃいけないってわけじゃないです」

「じゃあきみはほとんど毎日ここに来てるのに、祈ってないってことか」

「そういうわけじゃ、ないけど」

「信仰心が強いの？」

「強くは、ありません」

「祈ってないわけじゃないっていまいったよね。つまりきみはいつもここで祈ってる」

「祈ってるかは、わからない、でも、祈るかたちをしてます」

「かたち？」

「そう、からだは、祈るかたちをしてます」

「祈るかたちっていうのが、ぼくにはよくわからないんだけど」

「正しいやりかたで、礼をしたり、手をあわせたり、頭をさげたりすることです。そとから見たら、からだはきっと、祈るかたちをしてます」

「ふうん、きみは信じてるから祈りに来るんじゃないの？」

「あの……信じてるから祈るっていうのが、わたしには、こうだからこうするっていうのが、ないんです。それに、神さまを信じることと祈ることは、べつかな」

「どう、べつなの」

　責めるようでなくカムトが訊ねる。

「生まれたときって、なにもしゃべれないし、見えないままで、わたしたち、誰かに触られてます」

「見えてたかもしれないよ」

「でも、誰のことも、わからないままで生まれてくる。なにが起こったかもわからない、あらかじめわかってることなんてないなかで、信じるということ、それが生まれたときから備わってるから、赤ん坊は、でてこられるんじゃないかと、思うんです」

カムトが独語のように、そうかな、どうだろうね、ええ、わからない、なんていっているうちに、境内に辿りついた。

「待ってるよ」

そういってカムトは石段に腰をおろす。わずかな時間でも待っていられると落ちつかなくて、耳の奥がうずく。

「あの、気にしないで、いま、わたしのいったこと」

「いったことぜんぶ?」

「そう、うまく、いえないんです」

「喉が渇いたね、きょうは。きみもしゃべったから渇いたよね喉。ひりひりする」

カムトは眼の端をさげて、待ってるよ、とふたたびいった。

神前まですすんで眼をつむる。父にむかし教わった通りに、順序立てる。父から石段で礼や手のあわせかたをはじめて教わったとき、面映《おもは》ゆかった。わたしにほとんどものを教えたことがない父は、どうやってお金をいれてお辞儀をすればいいのと訊ねるわたしに、ひとつずつ丁寧に教えていった。一年に一度教わりつづけて、何度めかの参拝でわたしは、絵馬が奉納してある近くに参拝のしかたが載った紙が貼られているのを見た。

戻ってくるわたしに気づいたカムトは立ちあがった。彼がまえになって、いつのまにかふたりで石段をくだる。カムトのダウンの首あたりについた汚れに焦点をあわせていると、突然振りむいた彼はふしぎそうに、石段ふたつ分の差があるわたしを見あげた。

「どうかした？」

「首が、ちょっと、汚れてたから」

「ぼくの首？」

「ううん、ダウンの」

「ああ、そうか気づかなかった。きのうから風呂にはいってないからな」

小さなあくびをしたカムトは、きのうまで六日つづけて働いていたことをわたしに話す。

「ぼくさ、なにをして働いてると思う？」

カムトは頭をまえにむけ直して、ふたたび石段をおりる。

「ええと、その、わからない」

「母親の貯金で食べるものを買ってる。毎日食べるものもだし、袋いっぱいはいってるチョコレートすらそう」

「貯金だけで、なんとか、なるものなの」

「うそだよ、母親の貯金なんて使えないよ。ぼくは冷凍庫のなかで働いてるんだ、町の真んなかにある工業団地の。巨大冷凍庫なんだけどきみはしってる？」

「しってる」

「じゃあこれもしってるよね、この町で働く人のほとんどは工業団地に集まってる、朝と夜の境がなくて人が流れて。一日のうち、朝の六時でも夜の三時でもいつでも人がいる。それで工業団地のなかでくっついて子どもが生まれて、この町の学校に子どもを通わせて、線路がひとつも通ってないことに気づいた子どもは工業団地で働きはじめる。町からでてくのを望まない限りその流れの繰り返し。でも、もちろんずっと独身の人もいるよ。ぼくの上司がそう」

「しらなかった」

「いま話したこと？」

「いろいろを」

「まあとにかくそんなところだね。それにしてもきょうは冷えたよ。さむさには慣れてるはずなのに」

「慣れてるの？」

石段をゆっくりおりるカムトがしたをむいて、はじめて、わたしたちの眼がさっきまであっていたのに気づく。

「慣れなきゃ働けないんだ。みんなからだを壊して辞めてくんだから。冷凍庫のなかにはいってるとさ、いつかこのままからだが動かなくなるんじゃないかって、血の流れがとまってしまうというか、神経がとまる日が迫ってきてるって思う。どんどんすり減って、神経の一部のかすが凍結したままになってる気がしてきて、そしたらよけいにからだが冷えてくる」

「冬は、とくべつに冷える？」

「でも、からだは冬よりも夏のほうがきついんだ。冷凍庫のそととなかとの温度差がありすぎて」

やがて社務所に近づくうちにわたしたちのことばはきれぎれになる。それは別れる地点がわかっているからかもしれなかった。何軒かの家が並ぶ先へむかってゆくカムトが景色のなかへ溶けこむのを見送る。明日も逢おうよね、と彼が振り返っていう。

厚手の寝巻きをまとった母が顔をしかめて食卓に座っている。

「きょう揚げものばかり詰めたでしょう」

「いま、手と、顔も洗ったから」

「洗ったってだめよ、一度しみつくとなかなか取れないんだから」

母の五感のなかでいちじるしく優れているのはきっと嗅覚で、そとのにおいから漂ってくるまだ降りはじめない雨の兆しさえ、鼻でさぐりあててしまう。

「さっきの音で、あんたが玄関を開けた音で起きちゃったじゃないの」

「うるさかったなら、ごめん」

「お父さんかと思ったわ、紛らわしいのよ」

母は這いあがるようにして、リビングの棚に置いてある薬箱からなにかしらの錠剤を取りだす。

「まだお父さんが帰ってきてないんだから、チェーンはかけないでおいて」

返事をしてから壁にかかる時計を見る。明日になるまでもう一時間を切っていた。

父の席に腰をおろした母が、黒に近い色の液体がはいったグラスを食卓に置く。母は重たい顔を首で支える代わりとでもいうように頬杖をついて、グラスに眼をむけたま、口に含もうとしない。

「ガムシロップを買い忘れたわ。いつもの五十個はいったやつ、あんた買ってきなさいよ」

「いまから？」

「そうよ」

「わかった」

「あのね、適当に返事しないでくれる？　もうスーパー開いてないわよ。コンビニに欲しいメーカーのなんて置いてないし。あんた人とちゃんと話そうとしたことないでしょ。だからすぐわかったっていえるのよ。ガムシロップなしじゃ珈琲呑みたくない、こんなことなら牛乳でも沸かせばよかったわ」

母はそういってわたしをにらんだ。母のまぶたはむくんでいて、爪で押したらそこから水分が溢れてきそうだった。

「ねえ、あんたはこうやって人のことを待てる？」

「え、わたし」

「むりよ、絶対むりよね」

頭のなかにあるさまざまなことばを限定するのはむつかしく、発したいのはどれなのか、選べなくなってくる。

「むりよね、あんたはいろんなことが。勉強だって習いごとだってお洒落することだって恋愛だって結婚だって、むりだから」

「むり？」

「そうよ、むり。決まってる。そういう流れ。自分はそういう流れに興味がないって顔して避けてるように見せてるけど、単にあんたにはむりだから。だからそういう顔してやりすごすわけ。そうねえ、もしもよ、もしも人とつきあったり結婚がしたいんなら自分からお願いしないと」

「結婚をいつか、しようとは、そういうのは、まだ」

「思ってないっていうの？」

「……うん」

「あんた十八だっけ、あ、十九になるんだっけ、とにかくまだ結婚とかそういう未来のこと考えるのってはやいと思ってる？　生きてればぶちあたる未来について、なにも考えてこなかったからいま工場にいるんじゃないの。それにね、いまはただ人のことを待てるか待てないか訊いただけでしょう。はっきり白黒つけなさいよ。白なのか黒なのか訊いてるのに、全然違うことといわないでくれる？　そもそもね、あんたの思ってることなんて訊いてないんだけど」

ひりだすようにいった母は珈琲のグラスを両手で持って、薬と一緒に呑み干した。

「つまらないことだけしかいわないのね、いつも。あんたとしゃべるとパートしてるときよりも疲れるわ。俄然カロリーを使ってる」

わたしのことばを待たないで、母はグラスをそのままにしてリビングを去ってゆく。そのうしろ姿はいつのまにか、尻や腕についた肉で盛りあがり丘のようになっていた。


まだ昼間なのに木々の影で薄暗い境内は、流れてゆく時間から遠のいて見える。

「きょうは境内のうらにまわってさ、頂上の近くまでいってみようよ」

神前から石段まで戻ってきたわたしにむかって、カムトがいう。

「きみはこれから用事ある？」

わたしは首を軽く横に振ってから、自分の名まえを呟いてみる。口のまわりがふるえていた。

「なに、きみ猫飼ってるの」

「いえ、わたしの名まえを、いったの」

「ああ、名まえか。じゃあ実以子、いこう」

ずっとむかしから呼んでいたような親しさで、カムトがわたしを呼んだ。わたしたちは手水舎を横切って、境内のうらにまわる。歩いているうちにアスレチック広場が見えたけれど、そこで遊ぶ子どもたちのすがたの余韻すらなくて、ハンモックの縄や木でできたブランコのひもは切れていた。少しまえにいるカムトは人が歩けるように整えられた道を逸れて、硬い葉が茂る木のあいだへはいってゆく。

「平気？」

わたしがすすむのをためらっていると、カムトは地面に散らばる枝葉を踏んで渡りやすくしてくれた。曲がりくねる道を歩きながら、時折ふたりで短いことばを交わしあった。

「ここ、やっぱりここだよ」

枯れ木をかきわけてカムトはいった。もともと木が生えなかったのか、それとも生きているものは根こそぎ人の手で抜かれたのか、山小屋が一軒建つぐらいの広さの地面には干からびた草木のほかなにもない。

「ここって、なに」

カムトはわたしを手招きした。わたしたちが歩いてゆけるのは地面の終点まで。落ちないように両足に力をいれて崖のしたをのぞくと、竹やぶに囲まれて十数基ほど墓が建っていた。

「実以子は、ああいう墓石の集まりってどう思う？」

「どうって、考えたこと、ない」

「墓については考えたことある？」

「ないよ、まったく、ない」

「もともと墓ってさ、宗教の教えから派生したものじゃないらしいから、人が自分たちで相談して決定してつくったものなんだろうね。だからかな、供養に来る人の温度を感じるときがあるんだ。墓って淋しい感じがしないんだよ。ひとりで、しかも真夜なかだと墓のまえを通るたびに恐いときがあるけど」

「カムト、恐いとき、あるんだ」

「それはそうだよ。恐いものはたくさんある」

「でも、よく、こんなところしってたね」

「ここはさ、妹とふたりで見つけたんだ。ずっと来たかったから、ついてきてもらえてよかった」

「山から、引き離された、ところみたい」

「うん。ひとりだとここに来るのをためらってしまうんだ」

カムトが夜なかにひとりではトイレにゆけないような子どもに思えてきてほんの少しだけ笑うと、彼もつられたのか眼を細くした。

「墓石って商売のためにある石だよね。生きてる人が死んだ人の石を買うから、自分で自分のを買うにしてもその瞬間って生きてるから、結局は生きてる人が安心するために買うものなのか、死んだ人のためにある家なのか、でもその家っていう考えかたもいまいちよくわからない。まあ、わかる人がいるから成り立ってるんだろうけど。だいたい人が生きてるっていうのは眼に見えるとしてさ、人が死につづけてるっていうのは見えない。死につづけてるって、証明できない。だからなんだか恐いよ」

「恐いのは、わかった」

「ここをはじめて見つけたときも、ぼく恐かったんだよ」

「じゃあ、いやな場所って、ことじゃない？」

「いやじゃないんだ」

土のうえに座りこんだカムトに促されて隣に腰をおろす。細かい粒子の群れが下着を通じて、地面に触れている尻あたりの皮膚をつかまえる。

「小学校の夏やすみが終わって秋になりかけだったと思う。さっき通ったあのアスレチック、あそこで妹と遊んでたんだ。ぼくたちは頂上にある展望台に興味がなくてさ、町なんて見渡したってしかたないから。そう、妹と遊んでると男が来たんだ。大学生くらいに見えた男が、妹にちょっかいだそうとしてさ、妹だけ引きずられてった。服が地面の摩擦でめくれあがって、皮が剝けてくみたいに。それを見てぼくなんとかしなきゃならないって思ったら、ばつんて、顔から頭から、ばつんて音が鳴ったんだ。男が妹から離れた瞬間を見はからってぼくは心臓くらいありそうな大きさの石を、男の顔面めがけて投げた。そしたら眼の近くにあたって、男は顔の端っこから血を垂らしながらなにか、こもった声で呟いてた、念仏みたいなのを。その隙に妹の手を引っ張ってぼくは走った、足が絡まっても走りつづけた。それでぼくたちはここを見つけたんだ」

「じっとしてたの？」

「息をしちゃいけないって、自分にも妹にもいい訊かせた。そのうちにえせ念仏が耳にはいってきて、男の姿は見えないのにしばらく訊こえてた。ここでぼくはあの墓地を見おろしながら、いつ死んだのかはわからないけど、墓にいくらかまえまで生きてたはずの人たちの骨が埋まってるのが信じられなくて、信じられないからイメージしようとして、ようするにさ、男にたいしての恐怖を墓地で紛らわせたんだよ。恐怖は消えたわけじゃなくて男から墓に移動した。汗びっしょりの手にはね、男に投げつけた石のでこぼこした感触が残ってた」

カムトはことばをかき集めるようにして話しつづける。

「妹はぼくよりも落ちついてた。というより、なにが起こったのかわからなかったみたいで、土のうえを滑って汚れにまみれたことに興奮してて、そんな妹にぼくは声をだしちゃだめだってさとしたよ。ふたりとも静かにしてた。はじめから男になにもされなかったと思いこむことにしたのか、そこだけうまく切り取れたのか、妹がどう整理したのかはわからない。家に帰ってもぼくたちは山であったことを母親にいわなかった、いったらもう山で遊べないかもしれないって気づいてたから。一緒に逃げて辿りついたここを、妹は気にいったみたいだった」

「それから、遊び場になったの」

「恐いけどぼくたちにぴったりだったよ。どうしてもひとりじゃいけないようなところにふたりでいくことに意味を見いだしたんだ、母親にも隠れてふたりで。しられないように。見られちゃいけないから、ここにつくまでは小さな声で、電気を消した夜に布団のなかで起きてるのを確かめあうみたいにしてしゃべりながらすすむんだ」

そういったカムトは、穏やかな手つきでいつまでも土を撫でていた。

神前で最後の礼をすると、重心が取れずにめまいが起きた。境内を離れてからダウンのファスナーをおろして、ひだりがわに埋まっていた心音に触れる。いつもより胸が張っている。きのうの夜からからだが怠くて、ふだん食べたくもない甘いものが食べたくて、きっとあと何日かで生理が来る。毎日変わってゆくからだに時折追いつけない。からだはいつもこころより先にはじまってゆく。

おりようとすると、四、五段したの石段にカムトが座っていた。さっき振り返ったときには誰もいなかったはずなのに、彼はいつのまにのぼってきたのだろう。

「気づかなかったよ」

「擬態してた。得意なんだよ」

「なんだっけ、擬態って」

「ほら、生きものがまわりにかたちとか色を似せるやつだよ」

「そんなこと、できるの？」

「なにも考えないで座ってると、まわりに馴染んでくるんだ。いまだと、石に馴染んでくる」

「もしほんとうに、そんなことできたら、自由なからだになるね」

「自由なからだ？」

「うん、そう、からだを自由に扱える」

「自由じゃないよ。だって現に冷凍庫のなかでぼくはからだを自由にできないよ。そんなことより、見えたんだ。さっきまでねむってたんだけど。実以子がいそうな気がして窓のそとをのぞいたら、やっぱり自転車を停めてて。もしかしてぼく、そういう力があるのかな」

わたしを見あげているカムトが冗談でいっているのか真面目にいっているのか読めなくて、すごいね、とあいづち代わりにいう。ほんとは全然すごくないと思ってるよね、と彼は口にする。

「きょうは夜勤明けだったんだけど、時間がいつもといれ替わるだけで疲れるね」

「ここに来ないで、そのまま部屋で、ねむってればよかったのに」

「だってもったいないから」

「なにが？」

「せっかく眼に見えるところにいるのに、話したりできないってことがもったいない」

「そういう、ものなのかな」

カムトが笑うから、わたしの口の端がつられてあがる。

「やっぱりねむいなあ」

てっきり一緒に石段をおりると思っていたのに、カムトは境内にむかって歩きはじめる。

「あの、どこにいくの」

「ヤシロ」

「ヤシロって」

「きのうの。ヤシロっていう名まえをさ、思いだしたんだ」

「神社の、社のこと？」

「いや、山で見つけたお城だからって妹がつけたんだよ。山のヤにお城のシロねっていってさ。ちょうど、やたら名まえをつけたがってたころだった」

わたしは枯れ葉を踏みしめながら、カムトのすぐうしろをついてゆく。しわがれた葉のかたちは崩れて粉々になって、土に還るための支度を整えている。

「あのさ、冷凍庫のなかで感覚がなくなってくると、自分の体温がふだんよりも低くなってるから、顔を触ってみるんだけど、手袋をはめてるからなにもわからないんだ。それでさむいのかねむいのかさえ感じ取れなくなってきたときに、休憩の時間になる」

そういいながらカムトは、しだいに幅の狭くなってゆく道を迷わずにすすむ。

「冷凍庫にずっといることってできないから、必ず短い休憩を挟むんだ。そんなときいつもは休憩室の椅子にひとりで座ってるんだけど、あ、その時間に誰かと隣あわせになったとしてもしゃべるなんてことはないよ、だいたい顔の筋肉が固まっててしゃべりにくいし、とにかくきのうは休憩が二十分あったからそとにでてみた。それで工業団地のなかにある、明け方までやってるラーメン屋にはいって味噌ラーメンを食べたんだ。バターが載っかってたやつ。休憩が終わるまでに戻れなかったらどうしようかと思ったんだけど、すぐに丼が空っぽになったよ」

「お腹、空いてたの？」

「そんなに空いてなかったんだけど、休憩が終わって冷凍庫のなかにはいったときに、もし胃袋にたくさん食べものが詰まってたら、冷えたりもたれたりするから、だから、なにかしらの感覚がとどまってくれるんじゃないかって思ったんだ」

「なにかしらの」

「そうだよ。五感でもいいし、そのほかの感覚でもいい。とにかくなにかしらだよ」

わたしたちはきのうやってきた場所に辿りついた。地面は少し柔らかくて、踏む部分によって水分を含んだような土の弾力を感じる。太陽を遮るものはなにもないのに、なぜか光が届いていない。

「境内よりも、さむい」

「ヤシロは夏でも、冷たかった記憶がある」

わたしは肥大化してくる空気のさむさに反発するように、かじかんでいる手をこすりあわせる。かすかに手のあいだや指先から、工場でつかんでいた豚キムチのにおいがする。神前では気づかなかった。衛生のためにビニール手袋をしているし、なにかに触れるたび時間をかけて手を洗っているのに、根源が取れていない。皮膚に残るにおいの発端、わたしはそれを捜すために、一本ずつ指を嗅いでゆく。

「どうしたの?」

「手が、ちょっと、豚キムチ、みたいで」

「豚キムチがどうしたの」

「手があの、肉と、それだけじゃなくて、キムチくさくて」

カムトがわたしの両手をやさしくつかんで、彼の鼻先へ近づける。

「なんのにおいもしないよ」

カムトの息が、みぎとひだりの手のひらにかかる。戸惑いながらも、彼から漏れる息のふるえを感じていると、やっぱりしないよと彼は手を離した。

「よく、いきなり、手を嗅げるね、自分の手じゃないのに」

「なんのにおいもしなかったよ」

「カムト、鼻が悪いの？」

「ふつうだと思う」

「びっくり、した」

「それはごめん」

「いきなり、手なんて、嗅ぐから」

「妹がいるからなんだ」

わたししかいないのに、わざわざカムトはささやいた。

「ぼくには妹がね、いるからなんだよ」

「わたし、きょうだいがいないから、わからない」

妹がいるから、とさらにつづけるカムトのことばを受け流して地面にしゃがもうとすると、ひだりの手をしっかりとつかまれる。さっきの手のつかみかたとは異なる強さが彼の手指に宿っているようだった。

「そうなんだよ、妹がいるからなんだ」

「もう、わかったって」

「妹が好きで、ただ好きすぎたよね。考えてみると妹を好きだっていうことに間違いはなんにもないよ。マザコンとかシスコンとかそういったコンプレックスによくみんな名まえをつけたがるけど、あれはなんだろうね。みんな。ぼくがいってるみんなっていうのはたとえば、家族のことを好きっていうと笑う人とか気持ち悪がる人だよ。好きだということをいろんな説明を振りかざして異常や病にしようとするのは、勉強ができる人のくせなのかな、名まえをつければ研究者や医者が分類しやすいから？確かに名まえや記号をつけて分類しておけば管理が楽だよね、誰が見たってわかるようにさ。もう分類なんて、国家ぐるみな気がして身ぶるいする。病にしたところで家族のことを好きすぎてしまう人間がいっせいに世のなかから片づくわけじゃないよ」

カムトがわたしのひだり手を離す。手首には彼の指の跡がついて赤くなり、すぐにまた元の肌の色に戻った。

「妹に近づいたら離れるのがいやになってしまうんだ。物理的に離れるのがどうしてもいやになって、しなくちゃいけない予定を立てられない。それでぼく自身の生活をおざなりにしてしまう。ほかの人と遊んだり試験まえの勉強なんかがどうでもよくなって、ぼくのからだが妹にあわせたがる。でも好きだけじゃないよ。妹にたいして苛ついてもくるんだよ。どうして妹はもっと妹のいいようにしないのかって」

「いいように？」

「正しくいないのかって。どうして妹にとって正しくいようとしないのかって。ぼくはずっと妹の好きなものとか人、妹のまわりにあるすべてが妹にとってよくないと思ったら否定した、それが妹のためになると信じてたから。正しいほうを選んで欲しくて、妹の自信をしらないうちに奪ってた。もうずっとまえ、妹が小学生のときに果もの柄のスカートを欲しいっていったんだ、クラスで流行ってるしバナナとかさくらんぼとか明るい気持ちになるからって。ぼくは小さい花柄のほうが絶対似合うよ、果もの柄なんてちょっと、顔とちぐはぐというか面白くなってしまうよって迷わず否定した、いつも妹のためにならないとぼくが思うことは、直接ことばで否定した。そのうちに妹は自分で選択するきっかけを失って重なっていってせっかくの、妹の持ってる性格がつぶれてしまった。ぼくは妹の自由な日を奪ってしまった。なにもかもいいすぎてるってことに、妹が中学生になってからも気づかなかったし、妹が不幸にならないためなら、自信がなくなってもかまわないと思ってた。ぼくにとっては妹が不幸になるほうがいやだから。でもそれは、ぼくから見ての不幸なんだよ。だから謝りたいんだ」

「謝るの？」

「そう。ぼくはとにかく謝らなきゃいけない」

カムトの瞳にはわたしの像がぼんやりと映りこむ。やがてそれは球形に変化してゆく。

「どうして、謝らなきゃ、いけないの」

「ごめん」

「なにに、たいして？」

「実以子にこんな話をして」

「わたしに謝らなくて、いいよ」

両手を伸ばしたカムトがわたしの顔を包みこみ、ふいをつかれたのと彼の手のひらが保冷剤くらいに冷たかったのとで、わたしは思わず声をあげる。その声に笑った彼が、頬をやさしくつぶしていた手を離して、ごめんねとまたわたしにいう。

正午をすぎた陽ざし、その照り返しを受けたバイクのからだには雨の乾いた跡形がついて、なにかの暗号に見える。

「きょうは忙しい？」

頭を掻きむしるカムトは、きのうのことに触れないで訊ねた。

「なにかあるの」

「いきたいところがあるんだけど、うしろに乗らない？」

「バイクに、乗ったこと、一度もない」

「ただうしろに乗ってればいいんだから、簡単だよ。それにすぐ戻ってくるから」

カムトはヘルメットをつけてから軍手を取りだした。わたしの分だといっておなじようなヘルメットと軍手を渡されたけれど、つけるのをためらってしまう。

「だめならいいんだ」

すねたような声でカムトがいう。わたしはヘルメットを被り、軍手だけ返した。

「軍手は使わないの？」

「好きじゃないから、素手でいいの」

「それはさむいよ」

カムトが軍手をはめた手で、あかぎれだらけのわたしの両手をさする。

「ごわごわするし、くすぐったい」

きょうは夕方から工場にゆかなければならない。わたしの一日のなかに、あらかじめ組みこまれている。そのことをカムトに伝えようとするけれど、会話に挟むきっかけが見つからない。

「いこう」

カムトはわたしの手を離してバイクにまたがった。

「どこにいくの」

「ちょっと、こないだのラーメン屋に」

「お腹が空いてるの？」

「うん。すぐ食べ終わるから大丈夫」

「でもそれなら、家でなにか食べたほうが、はやいんじゃない」

「どうせならまた、味噌ラーメンが食べたいんだよ」

わたしはカムトのうしろに座り、からだの中心につかまった。見ため通りの細い腰をダウン越しに感じた。バイクが走りだした途端、彼をつかむ手に力がはいって、振り落とされるかもしれない不安でわたしのからだが汗ばんでゆく気がした。バイクはふたり分の重みに倒れる様子もなく、軽やかに坂を駆けあがる。アスファルトのへこみや道のカーブのたび、わたしのからだのうえ半分がぐらついた。赤信号でバイクがとまると、なかなか吐けなかった息が歯のあいだからこぼれていった。

「自転車のときよりさむいでしょ」

ヘルメットをしているせいで、声がくぐもって訊こえた。信号が青光りするのと同時にカムトはふたたびバイクを走らせた。山をでてからのわたしの心拍はずっと、熱がこもったからだのなかで踊っている。


ラーメン屋でなくペットショップのまえで、こう見えて店のなかに厨房があるんだとカムトがいう。バイクを停めて店にはいると、生きもののしめったにおいが漂ってきた。みぎ手には幼児の持っているものよりも洒落ている玩具や餌、ひだり手の奥には大きさの異なる水槽が見える。

「きょうはラーメンないみたいだ」

「もう、あの、冗談いわなくていいよ」

「なんで」

「なんでって、あの」

「ペットショップって名まえのラーメン屋」

「きっと、捜しても、そんな名まえのはないよ」

「どうしてそう思う」

「その、まずそうで、流行らないから」

カムトは黙って熱帯魚のコーナーへ歩いてゆくから、わたしもそのあとを追いかける。わたしたちのほかに客は見あたらない。水槽のなかには、レバにら炒めのときのレバーの色をした亀やうろこが刃もののように光る魚がいた。

「ぼくこれが欲しかったんだ」

足元に置かれた水槽をさしてカムトがいう。

「金魚を？」

「そうだよ。安いね」

水槽のまえにしゃがみこむ。だいだい色に近い明るいのや真っ赤な金魚がひれを振ってゆらめいている。

町内会の盆踊りの夜、屋台を手伝うことになった母が、わたしを連れて屋台に顔をだすように父に頼んでいたことがある。わたしは父になにがしたいのか訊ねられて、はっきりとした声で、さ、か、な、と答えた。わたしがなにかをしっかり口にするなんてめずらしいと父はいって、金魚すくいをさせてくれた。屋台の埃がかった光に照らされている金魚の、振りつけのない踊りを見つめながら、ポイを持ったわたしの手は水の底へ沈んでいった。父は近所の人たちと焼きそばをつくっていた母のところへはゆかずにかたわらにいて、すくえなかったわたしにむかって、伸び放題の眉毛をさげて笑った。

「すいません、二匹ください」

レジのなかの釣り銭を数えていた店員にむかい、カムトが声をあげる。水槽のまえに店員がやってきて、どれにしますか、えっとどれでも、出目金はいれますか、いや、二匹とも赤いので、おなじのがいいです、じゃあ元気そうなのいれときますね、いや、元気じゃなくてもいいです、なんで元気ってわかるんですか、はあ、まあ、というカムトたちの会話を訊きながらわたしは、ビニール袋にいれられる金魚をしゃがんで見ていた。彼がレジにいってしまってから、金魚がはためくような水槽に人さし指の先端をいれる。波紋ができたと思ったら、何匹かの金魚が指に集まってきて、触れあうまえに引き抜いた。

盆踊りが終わった帰り道、父とわたしは母を待たずに歩いた。そとが暗かったせいかそれともただの気まぐれだったのか、父はわたしの手を握った。痛いくらい骨ばった、肉のない手指だった。わたしたちが近しくいることを父に教えられた気がして、ある朝父が会社にいってからの、蜘蛛をリビングで見つけた母について話した。母は自分のスリッパで、蜘蛛のからだがつぶれてもなお叩いていた。午前の蜘蛛は縁起がいいんだよ。蜘蛛を見つけたときによくわたしにいっていた父のことばを、母も訊いていたはずなのに、顔を赤くして蜘蛛をにらんで元のかたちがなくなっているのにつぶしつづけていた。母のことで父に告げ口したのは、あのときだけだ。わたしたちは歩きながら、時折うしろを振り返った。家が見えてきたころ父は静かにいった。蜘蛛は家の番をしてくれてる、だからきっと、殺さないほうがいいんだよ。

「実以子、もういこう」

カムトがいう。出口の近くでわたしを待っている。

バイクに乗っているあいだの金魚のゆくえについて、わたしだけでなくカムトも困っているようだった。

「どうしようね」

「うん」

「じゃあ、わたし、持ってる」

ビニール袋を受け取ったわたしは、そこから伸びるひもをみぎ手の人さし指にくくりつけてから、カムトのからだに腕をまわした。

日中に停めたときと変わらずに、社務所のそばにある自転車は、ななめにさす光でみずみずしい赤色をしている。社務所の近くを通りすぎたカムトのバイクはやがて、木造の家のまえでとまった。

「ここがぼくの家」

庭に一本だけ生えている木には、もぎ取る時季をとっくにすぎた柿の実が落ちずに生《な》っている。ちょっと待ってて、というカムトはわたしのヘルメットを器用にはずしてから、バイクを押してガレージへむかってゆく。女の人の名まえ、門柱についている表札には母親らしき人の名まえだけが、無機質な字面で記されている。

「ごめん、もう少し待って。二階の雨戸閉めてきてもいいかな」

バイクを置いて戻ってきたカムトがいった。

「うちの母親、足が悪くて階段をのぼれないんだ」

「きょう、お母さん、いるんだね」

「うん毎日いるよ。あがる？」

首を横に振るわたしにむかって笑いかけたカムトは、家へはいってゆく。彼の名字がわかったけれど、わたしはカムトという名まえのうえに、いまさら名字を足せそうにない。やがて二階の窓から彼がベランダにでてきて手を振った。平べったい手のひらを見せて、わたしが手を振り返すのを待っている。わたしは無意識のうちに丸めていたひだり手をほどく。振り返そうと腕をあげると、カムトは雨戸を閉め終えていなくなった。

みぎ手にさげたビニール袋のなか、金魚が二匹とも泳いでいるのを確かめてから、空いているほうの手で工場に電話をかける。画面に浮かんでいるのは似たような数字の詰めあわせ、熱がでてどうしても連絡ができなかったと伝えると、忙しいのはもうすぎたから来なくていいと返される。なにかことばをつづけなければと思いながら、冷たい電子の石に顔のひだりがわを埋めているうち、電話が切れた。

「待たせてごめん」

「ううん、カムト、金魚どうしよう」

「子どものときよく使ってたはずの鉢が見つからないんだ」

「じゃあ、とりあえず、洗面器とかにいれておいたら」

「あのさ、もしよかったらこのままヤシロにいきたい」

「持ったまま、いくの？」

「うん貸して。持ちにくいでしょ」

「いい、持ってる」

社務所を通りすぎて、ふたり並んで石段をのぼる。わたしは金魚のはいったビニール袋をあまり振らないように、丁寧に扱った。人さし指にくくったひもは食いこんでいる。

「こうしてるとなんだか縁日みたいだよね」

「わたしは、縁日には、思えないかも」

「どうして」

「人もいないし、なにより、屋台ですくったわけじゃ、ないからかな」

「どうやって手にいれたって金魚は金魚だけどな。ぼくさ、屋台のなかだと金魚すくいが一番好きだよ。実以子は？」

「なんだろう、すぐには、思いつかなくて」

「金魚すくいは」

「嫌いじゃ、なかったよ」

「すくうのがあんまり得意じゃなさそうに見えるね」

「そうだね、いつまでも、一匹を選べなかったの」

「迷ってしまうの？」

「ポイを水に浸して、金魚を見てるうちに、選べなくなって、それでポイが破れて、なにもすくえなくなる」

やがて石段の先に境内の屋根が見えてくる。

「ぼく持つから、ビニールを貸して。いっておいでよ」

ビニール袋をのぞきこむと、一匹だけ引っくり返っていた。

「カムト、きょうは、もうヤシロにいこう」

わたしはカムトのまえを歩きはじめる。


食《は》むものをいれたパックを機械で圧縮してゆくように、めまぐるしく日が暮れる。ヤシロについてからカムトにむかってビニール袋をかかげると、彼が寝息めいた声を漏らした。泳ぎまわる金魚によって波が生まれて、死んでいるはずのもう一匹が揺れる。

「ぼくに貸して」

人さし指に絡まるひもをカムトがほどくと、くっきりと跡が残っていた。わたしは両手を地面にめりこませるようにして、土をつかんだ。光のささない地面はしめりけがあってなめらかで、すぐに小さな穴ができた。穴が手のひらほどの大きさになり深くなってきたころ、隣に立っていた彼がビニール袋の口を開けて、片手をいれた。死んだほうの金魚をすくったカムトはしゃがんで、できたばかりの穴に移す。みぎひだりに金魚のからだは曲がり、土のうえで水を求める。

「生きてるよ、カムト」

カムトはビニール袋を逆さにして、はいっているものをすべて地面の穴に放してしまった。またたくまに土が水を吸う。のたうっている二匹の魚から飛ぶわずかなしずくさえ、吸い取ってゆく。

「生きてるのに、なんで、こんなことをするの」

小刻みにひれをばたつかせる魚のうねりは、水のなかにいたときよりもたくましく見える。えら呼吸のできなくなった二匹は口を開く。そしてひとしきり生きていることを見せつけたのちに、とまる。

「埋めるんだ」

そういって、カムトが上着の袖を少しだけたくしあげる。

「カムトの家に、置いてくれれば、よかったよ、やっぱり」

「生き返って欲しいものは、なんだってこの土のなかに埋めるんだ」

「でも、まだ生きてたよ」

カムトは金魚が横たわる穴に、まわりの土を被せて埋めてゆく。

「ここでむかし妹とよく金魚を埋めたんだ。山の近くでやる縁日の屋台とかで、必ずぼくの分と妹の分、金魚を二匹すくった。すくえなかったらすくえるまでやった。二匹を持って帰って金魚鉢に移して、居間に置いとくんだけど、何日かするとどっちかが弱ってくるんだ。そのたびに二匹ともビニールにいれてヤシロまでいって、まだ息をしてるうちに土に寝かせる。妹がいいだしたんだよ、またちゃんと生き返って、つぎは二匹とも元気でいられるように埋めようって」

金魚を埋めた地面を平らにならしながら、カムトはいう。

「ぼくたちはスコップも使わないで埋めた。いまみたいに手が大きくないのにさ。子どもの、皮膚の厚くない柔らかい手で掘ってくからけっこう時間がかかるんだ、夕飯までに帰らないと母親に怒られるのがわかってたから急いで。それでお互いの手が冷たくなって、感覚が鈍くなってきたころに必ず手を握りあう、そうすると、妹を守っていかなきゃならないって役割がぼくに与えられた気がした」

「役割？　誰から、与えられたの」

「そんなの、もちろん妹からだよ」

カムトの手が伸びてきて、表皮が荒れてまだらになっているわたしの手を取る。冷たい皮膚がひとときつながる。わたしは手首の力を抜いて、彼の近くにいるのを感じようとこころみる。


雨があがったばかりのアスファルトは濡れてふくらみ、スニーカーからしみてくる。もう夜になる兆し。工場のうらに停めた自転車にまたがり走っていると、空を巻きこむ強風がわたしを追い越そうと背なかを押したから、ハンドルをきつく握って歯むかった。

工場で顔をあわせる人の年齢にはばらつきがあるけれど、深夜は男の人が多くて、時折朝といれ替わるときに声をかけられることもある。わたしより歳うえの男の人はなにかをいっているのに訊き取れたためしがなくて、返事の代わりにしたをむくと、ますます口からことばがでにくくなる。わたしがしゃべらないとわかると、男の人はわたしとおなじような歳の女の子のところへ話をしにゆく。働きはじめたばかりのころは休憩になるとよく、この町のどのあたりに棲んでいて、歳はいくつで、学校にはいっているのか、結婚はしているのか、工場の女の人たちに訊かれたけれど、返事は途切れ途切れ、ささいな会話にも時間がかかってしまって、やがて話しかけられなくなった。

カムトの働く冷凍庫のなかはいま、品ものが積乱雲のように盛りあがっているらしい。自分の触れているものがなんなのかわからないまま、品ものをあちらとこちらで交換する人の手が年末まで足りないのだといっていた彼は、なかなか山に来られなくなった。年が明けてしまったら暇になって人がまたあぶれ、冷凍庫には雲ひとつなくなるそうだ。ちょうどわたしのほうの工場も暮れにかけて慌ただしくなって、トレイに詰めるのもサイコロステーキや骨つきフライドチキンなど贅沢なものになってきている。

わたしたちが境内やヤシロでする話は、あまり栄養にならないことがら、たあいもないものがほとんど。時折カムトは、酢豚が食べられないとわたしがいうと妹とおなじだとうなずいたし、わたしの履いているスニーカーを見て妹も好きそうな靴だといって、妹を重ねては相反する部分を見つけだして、わたしが妹とはまったく異なる人間だということを確かめているところがあった。

家の門扉を開けて、木も花もない名ばかりの庭に自転車を停める。毎年除草剤を撒いている母は、雑草すら家のまわりに居つくのをゆるさない。玄関には父の革靴がそろえてあり、まだ夕方なのにめずらしく帰ってきていた。リビングにむかうと、父が台所の換気扇のしたで煙草を吸っていた。一日じゅう光があたらない台所は電気をつけないと薄暗いのに、父はつけていなかった。

「お帰り。お母さん、買いものにいったから」

壁にあるスイッチを押して明かりをつけるわたしに、父がいう。シンクには吸い殻がつぶしてある灰皿とコンビニのライターとぺしゃんこの煙草の箱が投げだされている。そのうちに電子音が鳴って、父は長袖のシャツの襟ぐりから体温計を取りだした。きっといまごろ母は父のため、スポーツドリンクや皮のなめらかな林檎やあれこれを選んでは、スーパーの買いものかごにいれているのだろう。

あのさあ、お母さんな、と父は嗄《か》れた声でいった。

「急に太ったと思わないか？」

「うん」

「やっぱり、実以子もそう思うだろう」

「そう、だね」

「まあ、しかたないのかなあ」

父は黙っているわたしを見つめてから、うーんと唸って煙草の火をもみ消した。

「びっくりだよ、お母さんの食べっぷりには。あれじゃあ獣みたいで」

わたしのすぐ近くにいる父は、おそらく熱があるから弱っていて、喉はもちろんからだの隅々まで渇いているはずで、問うならいまかもしれない。せめて最近なんの映画を見たのかを、いま問うてみたら、いや、あの紙袋か女にむかって祈っていたのはなぜか問うてみたら。つかえていたことばが喉からでかかって、いつものくせでわたしは反射的にことばを呑みこんだ。口からどんどん唾液が溢れてきて、そのたびにつばを呑みこんでいると、からだの重い羽虫が飛ぶような音がした。それは父の携帯電話が鳴る音で、わたしのほうをうかがいながら、営業の人からだといってひとつ咳をした父は、リビングから去っていった。換気扇の吸いあげる力が弱いのか、父がふかした煙草の葉のにおいはくすぶって、しばらくしても残っている。

リビングをあとにすると、洗面所のドアが開いていて、浴室からくぐもった声が訊こえた。あ、い――え、わたしは口をしっかりと閉じた。わたしからことばが漏れてしまったら父の声がうまく訊こえなくなる。しだいに息がしづらくなって、しづらいのは吸うことか吐くことか、呼吸するなら鼻からか口からか迷っているうちに、顔があつくなってきた、あ、いいねえ、え――う、ほぼ母音で集まった継ぎはぎだらけのことばは、なんの意味もわたしに与えない、あい――ああ、い、むりやり意味をつけてなにかとこじつけようとしてみても、わたしは映画館までの道しかしらないし、父がプチ・アップル・パイを食べたところも見ていない。ただわたしがしっているのは、あの日の父の祈るかたちは完ぺきだったということ、まるで女を信じているかたちをしていたことだ。

「正月の三が日で空いてる日はある?」

久しぶりに逢ったカムトが、石段をのぼりながら訊ねる。境内までつづいてゆく道には初詣でのための提灯《ちょうちん》が並んでいて、もうすぐ一年の終末が訪れるのに気づく。

「八方除《はっぽうよ》けのお札とか頼まれてるんだ。毎年母親はそれを家の壁に貼ってる。社務所でも買えるようになってるんだけど、どうせなら参拝にいかない?」

「いいけど、でも、きっと混むよね」

「たかがしれてるよ。大きくない山だから」

「どの日も、空いてるけど」

「じゃあ元日で。時間は午後から、二時にしよう」

「ほんとうに、カムト、参拝するの？」

「うん。実以子がいつもやってる、祈るかたちっていうのをしてみたくなった。実際に祈りはしないけどどういうものなのか、祈るかたちをしてみたくなったんだ」

「元日に」

「うん。あのさ、そういえば実以子まえにいってたよね」

「なにを？」

「信じることと祈ることはべつだって」

「よく、覚えてたね」

「神さまを信じてなきゃ、祈らない気もするけどな」

「信じなくても、祈るっていうのは、ありえると思う。細かいことをいうと、なにもかもをまったく信じてないわけじゃなくて、ふだんは神さまが、頭になくても、無意識に、からだがぶつかりそうになったら避けたり、自分の頭とかだいじなところを、かばったりするのと、おなじように、自然と手をあわせてしまうような」

「手をあわせるとき、祈るときって、人が死んだときとか財産を丸ごと失ったときとか？　いままで神さまをろくに信じてなくて、窮極《きゅうきょく》にいうとばかにしてた人でも祈ると思う？　祈ったってなにもよくならないし、かなわないよなあって考えてた人でもさ、身近な人を亡くしたり予期してなかったことが起きたりしたら、それを機に祈るの？」

「……毎日のなかで、信じるかどうか、こうだと思ってたものが間違いじゃなかったのか、揺らぐことは、きっとあるよ。それにたとえば家族に七五三を祝ってもらったり、神社のお守りを鞄のなかにいれてた人が、成長して高校とか大学にいって、ものを、深く考えるようになって、その人にあったもの、その人の選んだものが、イスラム教やキリスト教だったとして、いままでとくべつな信仰がなくても、小さいころから根づいてたおぼろげな信仰を変えて、崇拝したりするんだと思う」

「信じるかどうか、揺らぐのか」

「うん、でも、その揺らぎはむだなことじゃなくて、いろんなものを選んでくのに、たぶん必要だよ」

「ぼくは信仰ってむかしからの習慣のうわずみだけ残ったものを、それぞれみんな選んだような気になって見えないものにむけて、念を送ってる感じ、思いこんでる感じが、どうしてもしてしまうんだ」

　ことばを交差させるうちに境内が見えてくる。すっかり定位置になった石段に腰かけたカムトを残して、手水舎で手指にめりこむ汚れを落とすように清めた。

いくら神前に立ってみても、頭のなかで祈りはかたちにならないで、腕やまぶたや首を使って祈るかたちだけしてみたところで、奥ゆきのない平らな面のからだつき、それは中身がなく、わたしはほんとうに祈っているのでない、祈れてはいないというものように思ってしまえば、祈る真似をしているだけのわたしの繰り返し。

しばらくして、カムトの元へ戻る。座ってといわれて、踏み幅の広い石に座っていた彼の隣に腰をおろす。

「元日のことなんだけど」

「うん」

「ぼくの家に寄ってくれる？　迎えに来て欲しいんだ」

「うん、わかった」

「気がはやいかな、三が日のこと」

「でも、もうすぐだよ」

「一応来年のことだから、ことわざだと鬼が笑っちゃうよね」

「どういう鬼」

「来年のことで笑うぐらいだから、いまいち迫力がなくてさ、でも眼つきだけは悪い鬼。ふくらんだおむつみたいなのを穿いてるやつ」

そういいながらカムトがわたしの頬を両手で包んだ。

「こないだも思ったんだけど、こうすると唇の色の赤いのがいつもよりよけいに目立ってさ、なんかにそっくりなんだよね。なんだろうな」

ためらうことなく皮膚に触れているカムトが笑いかける。

「確かになんかにそっくりだけど、たぶん人じゃない」

ことばにならない声をだしてわたしが抵抗していると、やがてカムトは手を離した。

「人じゃないほうがいいよ」

「じゃあ、なに、鬼？」

それはない、とカムトは首を横に振る。

「三が日をすぎたらね、家をでてた妹が帰ってくるんだ」

「そうなの」

「それに一月は妹の生まれた月でもあるんだよ。だから、帰ってきたらそのお祝いもしてあげたい」

カムトはパンツのポケットから財布をだして、そのなかにはいっていた一枚の紙をわたしに渡した。畳まれた紙を開いてみるとそれは子どもの字で、ばらばらの大きさで書かれていて、動ぶつが楽器を持っている絵柄が印刷されていた。

「ぼくの十二歳の誕生日に、妹がくれたんだ」

「見ても、いいの？」

「うん、妹が八歳のときのだよ。妹は手紙とかめったに書かなくて、これが一番長くて、妹からちゃんと祝福されてるみたいで好きなんだ。十年まえのわりにはきれいに取ってあるよね」

ペンで書かれた文字は少し褪せていたけれど、すべて読み取ることができた。

〈おにいちゃんへ
おにいちゃん、ほしいものをほしいってゆうのは、すごいかんたんだから、ほしいものはゆわないで、かみさまにねんじてください。そうすればいちねんごくらいにおなかからうまれてくるみたい。なんでいちねんごかってゆうと、かみさまはいそがしいらしいんです、うちのお母さんくらいいそがしいってお母さんがこのあいだスーパーでゆってました。だからどんなにがんばっても、いちねんくらいかかっちゃうんだって。ちなみになんでおなかからうまれてくるかってゆうと、いろんなだいじなものはみんなおなかのへやでつくってるんだって。お母さんにぱちぱちするわたみたいなガム、あれをほしいってゆったらそうゆうのは、ほしいって口にだしてゆっちゃいけないんだって、おにいちゃんにも教えてあげる。あのとき、おにいちゃんはテストでいなかったから、すごいざんねんでした。でも走って帰ってきてくれたよね、おにいちゃんはさみしがりやだよね、だいしんぱいするし。かぜのつよい朝にがっこうのお花いじってるおじさんに、かぜつよいねとばされちゃうねえってゆわれてから、ほんとにとばされちゃうかもしれないって、あたしのランドセルにおもしっていってお絵かきした石、かぜのつよい日にはかならずいれてくるよね。あれ、おもたいんだ。ランドセルしょってみると、ほんとにおもたいんだよ。そんなおにいちゃんに、ほしいってゆうのを、口でゆっちゃいけないのを教えてあげます、たんじょう日だからとくべつに、教えてあげるからね。〉

八つ山へ参拝に来た人たちが列になって、橋を渡っている。思っていたよりも人が多くて、自転車からおりて歩くことにした。人の列からひとり抜けたわたしは、橋から川を見おろす。淀んだ雲のあいまからのぞく光が水面に映っては流れてゆく。

カムトの家のチャイムを押さずに、玄関のまえに立っていると彼がでてきた。

「きょうは自転車、ぼくの家のガレージにいれといたほうがいいよ」

カムトはわたしの自転車をガレージへ運んでくれた。いつも自転車を停めている社務所の脇で三つの屋台がやっていて、どれもが食べもの、そのすべての屋台の暖簾《のれん》が日に焼けている。

「帰りにどれか買ってあげようか」

鳥居をくぐるまえにカムトがいう。

「いいよ、子どもじゃないんだから」

「どれがいい？　べっこう飴はどう、店の人とじゃんけんするやつ、まえあったよね。ああいうの妹はいつも負けてたんだ」

カムトの横には妹の気配がたゆたっていて、それはふいに鼻先をかすめてゆく。

「わたし、飴はいいかな」

「なんで」

「歯に、くっつくから」

「真っ当な答えだなあ」

「くっついてなくても、飴の名残りが、口のなかで固まるから、あんまり食べない。最後に食べたのが、いつだったか、思いだせないくらい」

「じゃあガムのほうが好き？」

「どちらか、選ぶとしたら」

「飴じゃなくてガムなら妹とおなじ」

ふだんと異なる人だかりの山に呼吸が乱れないように、石段をあがるわたしたちが口にするのは、すぐに消える泡のような取りとめのないこと。神社が近づいてくると石段はさまざまな人の靴で埋まって、みんな順番を待っていた。手水舎に視線をやると、ひときわ派手なよそおいの夫婦や赤ん坊の手をしめらそうとする父親など、家族あるいは親しそうな人の集まりがあった。

「実以子、並ぶ？」

このまま反転して戻りたくなったわたしに、ひとりのほうがいいなら待ってるからとカムトがいった。

「待たないで、待ってなくて、いいよ」

「じゃあ一緒に並ぼう」

カムトのことばにうなずいて手水舎にゆき、それぞれ手と口を清めてから、石段にできた列に並んだ。人の足うらが石段から離れるたびに、一段ずつ神社に近づいてゆく。まえの人の肩や頭の透きまからは、太縄を大きく振って鈴を鳴らしている人のうしろ姿が見えた。

「ごちゃ混ぜだよ」

「なにが？」

「ぼくは神道を信仰してないのに、こうやって並んでる。こんな風に人が集まって、いまきっと日本はあちこちの寺とか神社とかで、いろんな宗教がごちゃ混ぜだよ。仏教の人だって、キリスト教じゃないけどキリストに惹かれてる人だって、みんな初詣でなにかを祈ってる、たとえ祈ってなかったとしても、祈ってるように見える」

「きょう、どこかで祈ることをとがめる人はきっと、いないかな」

「誰かしらいるね」

「そう？」

「そういうものだよ」

そのうちに順番がやってきて、カムトと神前にでる。手からこぼすように賽銭をいれた彼のあとを追って、わたしは穴の開いた硬貨をいれて眼をつむる。隣でカムトが柏手を打つ音が訊こえ、わたしも慌ててそれにつづく。ふたり並んでこうやって神前にいることに慣れない。わたしはカムトの祈るかたちを見てみたいのを我慢して、閉じた眼に力をこめる。そのうちに彼が名まえを呼ぶから、眼をゆっくり開いてみる。

「どうしても祈りたいなにかを、ひどく祈ってるように見えたよ」

「わたしのこと、見たの？」

「見た。たまたまだよ」

わたしたちは境内を逸れて、人の少ない砂利のうえに立ちどまった。

「ヤシロにいこう」

そういうカムトにむかって、いいよ、と答える。よし、ちょっと待っててと彼はいい残して境内の脇にゆき、巫女からなにかを買い求めていた。自分がちゃんと祈るかたちをしていたことを、カムトにいわれてしった。けれどからだが祈るかたちになっていたところで、所詮かたちだけなのだから、なんの意味もなさない気がした。

いつのまにか人の声が遠ざかって、こびりついていた耳鳴りが消える。

「お待たせ。母親に頼まれたもの買ってきた」

「人、多かったね」

「並んでるとき、しってる人いた？」

「いたのかもしれないけど、わたし、気づかなかったな」

「ぼくも。そういえば明日は山に来る？」

「うん」

「じゃあさ、昼すぎに来られるかな。できれば自転車じゃなくて」

「歩きで？」

「そうだね。歩いて来て」

きょうの橋から先の混みぐあいを考えると歩いたほうがよさそうで、わたしは軽くうなずいた。ヤシロに近づくにつれて、道は歩きにくくなってゆく。わたしが立ちどまるたび、まえにいるカムトは鋭い木の枝をかきわけてくれた。

ヤシロにつくと、境内よりさらに冷えた空気が手のひらに触れた。カムトはしゃがみこんで、骨格がよくわかる両手のすべての指を、地面に這わせる。その手の甲に走る筋はとびきりの青緑色をしていた。

「真似して」

「なんの、真似？」

「ぼくのだよ」

カムトの横で土の表面をなぞると、穴をつくるんだ、と彼はいった。とくに地面の柔らかい部分を捜したわたしは、指で小さな穴を開けて、短く切りそろえた爪のわずかなあいだに粒子が挟まるのもかまわずに、穴を広げていった。

わたしたちはひとつもことばを発さずに、土に触れている。皮膚のような土の層をめくるたび、ねむっていた虫は見つかるのに、いつまで経っても底に突きあたらない。埋められたものはいま、ねむってやすんでいるだけで、ただひたすら芽吹く時季を待って、待ちつづけていればいつかカムトのいう通り生き返ることができるのなら、なぜヤシロには太陽の光があたらないのだろう。

数日まえに工場で、肉団子をひとつ床に落とした。仕事着の太もも部分が茶に汚れて、潔い白の生地に釣りあわないしみになった。肉団子とへだてられた手袋のせいで、感覚が皮膜一枚分鈍くなっていた。なにもまとっていない手を土のなかにいれて息をひそめてみれば、冷たさに慣れて、人が肌にしのばせているぬくみに似たものを感受する。このままだとわたしのささくれた指から根が生えはじめて、ヤシロからでてゆくことがむつかしくなるかもしれない。もしもずっとここにとどまることになったら、わたしの元にはカムトしかやってこないだろう、彼としか関わらなくなるだろう、わたしが暮らしてゆくための光はヤシロから見える景色になり、わたしがいる、もしくはわたしがあるということを認めてくれるのはヤシロに来るカムトだけだ。彼の視界にしかはいらなくなったら、わたしの家族はカムトになる。町役場の紙には記されることのない家族になる。食卓の数よりもあるうちのひとつになる。風によって流れてくるにおい、さまざまなものが動く音、時間ごとに変化してゆく色を共有する。けれどここは陽がささないから、まばゆい光を共有することはできない。

土とたわむれていたカムトが、わずかに笑いながら手を引き抜いた。わたしの顔に、土の粒で斑点模様になった彼の両手が伸びる。カムトに頬の熱を奪われる。彼はただ触れているだけで、ふざけて頬のふくらみを押したりはしない。

「むかし埋めたいろんなものが、もしもうなくなってたら、それは姿を変えて生き返ったってことだと思う」

カムトがささやく。片ほうの手のひら分、あと少し離れていたら訊き取れなかった。

「反対にまだ土のなかに残ってるものは、また生まれるまでに時間がかかるだけなんだ」

「確かめたい？」

カムトはわたしの問いには答えずに、冷凍庫にはいったことがあるか訊ねてくる。

「まだ、ないよ」

「ぼく、冷凍庫に閉じこめられたらどうしようって思うよ。あんなところに閉じこめられるのを考えたら内臓が急に冷たくなる。でも考えてみれば、ほとんど毎日閉じこめられてるも同然なんだよ。だってねむってるよりも長いあいだ、冷凍庫のなかにいるんだから」

カムトがひとりごとのようにいい、彼に触れられたままわたしはうなずく。

「あの、わたしいま、手を、土からだせなくて」

「ぼくがじゃまをしてるから?」

「ううん、感覚がなくなって、いってるの」

いつもは手指のひび割れた部分が少しの刺激でしみたり痛むはずなのに、いまは感じない。五感の一部が去っていったのか、わたしが持っていたはずの指先の感覚がなくなりかけている。

「カムトは、冷凍庫で、こうやってなくしていったの?」

「なんのこと?」

「いつのまにか、感覚を、その、戻ってくるかわからないからだの感覚」

「感覚のことか。一度なくしたら戻ってこないかもしれないってやつ」

「そう、そんな感覚」

「働きはじめて一年も経たないうちにさ、からだのみぎがわ、とくにみぎの手足がしびれるようになったんだ。みぎ利きだから使いすぎだろうってはじめは気にしなかった。それが、一日ずっとしびれつづけてて風呂にはいってからだをあたためても治らない。寝るときも仕事にいく二十分まえに起きるときもさ、しびれはまとわりついたまま離れない。半月ぐらい我慢したけど、結局町から車で一時間かかる病院にいったよ。そこの整形外科でも脳神経内科でも、しびれてる原因がわからなかった。しびれはよくなるどころかだんだん部位が広がってくようになって、また病院にいって検査したけどわからなくて、カルテから全然眼を逸らさない医者に、しびれくらいで人は死にません、だいたい原因のわからないしびれなんて心的なもので気のせいなんです、気の持ちようですっていわれて、そんな、医者じゃなくてもいえることばをきっかけに、病院にいくのをやめたんだ」

「いまも、しびれてるの？」

「一日のなかでしびれてないときもちゃんとあるよ」

汚れた指でカムトがわたしの唇を縁取ってゆく。土のにおいが鼻をさすけれど、もしかしたら彼の指から発せられるものなのかもしれない。しだいに感情が途切れ、まぶたを開けているのがつらくなってきて、わたしはカムトから離れるために、ようやく土から手を抜いた。参拝客らしき人たちの声がこだましたけれど、あたりにはヤシロを囲うように生える木しか見あたらなかった。

「ねえ顔に土ついてるよ」

立ちあがったカムトがいう。

「カムトが、つけたんだよ」

「ちょっとだから目立たないよ」

「そういうことじゃ、ないよ」

わたしは靴の爪先でかたわらに盛っていた土を崩して、掘った穴を埋めた。カムトのつくった穴は開いたままで、ふたりして山をおりていった。

リビングのソファでは、母が毛玉の目立つブランケットをかけてねむっている。わたしのただいまで母が起きることはなく、毎回返事をされないから、いつからか口にするのをやめてしまった。近づいてソファのまえにしゃがみこんだわたしは、母の口元に片手をかざしてみる。からだに反して細い息が手のひらをくすぐり、歯の透きまから息を吐く音がかすかに漏れている。少しまえまでピンクやだいだい色に塗られていたその唇はいま、黒ずんだ食べもののかすと口内炎の膿にまみれている。このまま顔面に手を埋めていったら、母は起きるだろうか。わずかに母のまぶたがふるえたから、かざした手を引っこめる。母の腹部にかかったブランケットをそっとずらして床に置くと、何枚も着こんでいるかのような厚みのあるからだが呼吸にあわせて動いていた。母はもっとさむくならなければ、皮膚であらゆるものを感じ取れない。

食卓には、日記と錠剤がはいっていたはずのシートが置いてあった。シートを壁ぎわにあるごみ箱に捨てにゆくと、煎餅の袋やチョコチップクッキーの空き箱がつぶされずにそのままの状態で埋まっていた。口元にしわを寄せて母が、食べる、なにか食べなきゃ、と呟く。

「夕飯をつくらなきゃいけないわ」

眼を覚ました母がそういってからすぐ、玄関で電話が鳴りはじめた。

「あれ抜いてきてよ電話の、コード」

「電話に、でないように、するの？」

「そうよ。でないで」

「わかった」

「でもやっぱりお父さんから電話が来るかもしれないから、コードは抜かないでおいて」

そんなやり取りが往復するまも電話は鳴りやまず、小さな眼を見開いた母がソファから起きあがる。

「でないでおけば、いいの」

「いまいったじゃない」

「うん、わかった」

「ほんとうにもっとちゃんと人のいうこととかやることにたいして、敏感になりなさいよ。気を利かせてみなさいよ。あんたなにもしかしてわざとやってるの？」

「わざとじゃない、でも、わかった」

「なんだ。わざとじゃないのね。もうやっぱり電話にでてきてよ、お父さんからかもしれないじゃないの」

急いで玄関にむかう。電話番号を示す画面に、ヒツウチとでている。片仮名を眺めていると、ヒツウチがなんとなく海の生きものの名まえに思えてきて、受話器を取りあげた。電話は切れていた。けれどまだつながっている気がしておなじことを四度繰り返した。四度とも、工場で惣菜を詰めるときのむだのない動きに似ていた。

リビングに戻ると母は食卓の椅子に座っていた。

「音もにおいもまったくいつも、自分勝手なのよ。こっちの状況はおかまいなしで、あっちの都合ではいってきて、こっちからは眼に見えないわけ。でもあっちからはこっちの様子がいつでもうかがえるのよ」

母のことばが誰にむけられたものなのかわからなくて、わたしは曖昧な返事をする。お湯を沸かしているのか、台所のやかんが噴く音がリビングに広がってゆく。

「なに食わぬ顔ではいってくるのが厄介なの。まだわざとらしくてなにがなんでもって強引にはいってくるほうがかわいげがある。わざとのほうがかわいいじゃない。あんたもなんでもいいからちょっとわざとやってみたら。だってわたしはわざとよ。わざと結婚したの」

「わざと？」

「お父さんむかしほかに女がいたのよ、それをしってて、べつにそれでもよくて結婚したのよ。すかした女で、顔の色が朝昼晩どんなときも変わらないような女よ。なにがあっても、たとえ生理のナプキンを替えようとしてどっかの駅のトイレに流して、そのせいでトイレが詰まろうが自分の家のトイレじゃないから関係ありませんよって顔ができる女よ。いつどんなときも白ーい顔でいられる女よ。とにかくしつこくお願いしたの、何十回、何百回。わたしが冗談でいってるんじゃないってわかったのはいつぐらいなのかしら、とにかく回数を忘れてしまうくらい。お父さんと結婚するためにあんたができたのよ」

喉が干からびてくる。つばを呑みこもうとしてもうまくゆかなくて、口のなかに空気が溜まる。

「なんでも受けいれるし口だししないから、結婚してくれってお願いしてたの。いいよといってくれなくて、でも断られもしなかったわけ。お父さんそういうところあるじゃない。それでどうしたらはやくお父さんと結婚できるのか考えたの、で、お父さんはじめのうちはためらってたんだけど、逢うたびに避妊しないでお父さんの部屋で、したわけよ」

日記くらい厚みがあるような母の声がつづける。

「よくテレビとかでもいってるじゃない、ずっと一緒にいられるもっとも確かな方法でむかしからあって法律的にもばっちりなのが結婚だって。一日じゅうなんだかんだ一緒じゃない、似通ったものを食べて箸なんてたまに間違えるし、おんなじ通帳からお金をおろすし、順番で追い炊きして湯船に浸かるし、そうやって混ざりあったら、お父さんはひとりになるほうがきっと面倒くさくなるじゃない」

おそらく母は、からだのそとにことばをすべて吐きだせる。

「感情がいくつもあるのってしってるわよね、じゃああんたはそのいくつもある感情、人のなかに押しこめた感情、そういうのがどれだけあると思ってる？　せいぜい四個とか五個くらいしかないって思ってる？　いっとくけどもっとあるからね。裏切られてない振りとかすぐわかるうそをまるでありがたいみたいに信じる振り、そんなのがどれだけ自分をみじめったらしくさせるか、あんたにわかる？　ねえいつも訊くけどあんたはどれだけ偉いの、わたしが考えを張り巡らしたおかげで生まれてきたのに、どれだけすました顔して生きてるの。わたしがあんたの働く工場を捜してあげたの忘れてる？　もしかしていまの工場が、思ってたところと違うって思ってる？　こんなところで働かなきゃいけないなんてって思ってる？　あんたは卒業するまぎわになっても就職先ろくに捜してなかったじゃないの、中学で先生がすすめたやつに首振らなかったじゃないの。自分の部屋で毎日なにやってたわけ、なにもやってなかったんじゃないの？　まさか働くか進学するか卒業するぎりぎりまで迷ってたっていうの？あんたさ、塾にもいってないから高校なんて受からないし受かったとしても、大人にたいしても子どもにたいしても愛嬌がゼロのあんたに友だちなんてひとりもできないに決まってるってわたしがいったの真に受けて、働くことにしたの？　なんなのその、自分のことなのに切羽詰まらないっていう姿勢は。どうでもいいんだけど、あんたが家にずっといた冬はやたらと電気代が高かったのよ、エアコンばっかりつけるから。あのときの電気代返してくれる？　あんたはわたしのおかげで働けてるんだから。結局あんたみたいなのが、人に迷惑かけても顔色変えずに生きられるのよね」

いつのまに母は唇を嚙んだのか、その端には血がにじんで紫がかっていた。母から見えているわたしはほんとうのわたしだともいえないし、うそのわたしだともいえなくて、そとからはそう見えるだけのこと、きっといまはどんなことをいってもいいわけめいて訊こえるだろう、そうしているうちに、溜め息をついた母が唇を舐める。

鳥居のまえにはもうすでにカムトが立っていた。

「ほんとに歩いてきたんだね」

「だって、カムトに、いわれたから」

「うん、確かにぼくがいったけど」

そういってカムトは頰をゆるませた。その表情を見ていると、首のまわりがこそばゆくなってきた。

すむ。

「元日すぎても、人いるんだね」

「うーん、三が日はこんなもんかな」

わたしたちは、きのうよりもこころなしか減った人ごみをかきわけるようにしてす

「じつはきょうバイクで家まで送ろうと思って」

「え、それはなにか、あるの」

「母親に頼まれて、スーパーにいかなくちゃならなくてさ」

カムトが片手の指を親指から順番に折って、なにかを数えている。

「食材いろいろメモしておくの忘れた」

「覚えて、いられる？」

「なんとなく連想してるから大丈夫。明後日は妹が来るから、いろいろ準備するんだよ。たくさんの種類の食べものを用意して、家のなかをきれいにして」

並んで石段をのぼるわたしたちは、時折山をおりてくる人たちとすれ違いそうになると、一列になって立ちどまる。辿りついた境内は、あいかわらず人で満ちていた。きょうは参拝するのをやめようといいそうになったけれど、カムトが手水舎にむかって歩いてゆくから、ふたりして手を清めて最後尾に並んだ。

「また祈るかたちをするの？」

「うん、またするよ」

「考えながら、してるの」

「もちろん。だって祈るかたちについて考えないで、そのかたちをつくろうとするのは大変だよ。考えずに祈るかたちなんてぼくにはできないよ。それにぼくはなにも祈らないから、考えない分たくさんの神経を、祈るかたちをつくるのに費やせる」

見慣れた賽銭箱があらわれる。まえで祈っていた家族がいなくなって、わたしたちの番になった。鈴を鳴らしてから眼をつむったら、カムトが呼吸をしている音が訊こえた。いま彼の息のリズムはごくはやい。まぶたをほんの少しだけ開ける。自分が手をあわせているところを見られない代わりに、みぎ隣にいるカムトの顔を見あげてみると、うわ唇とした唇が透きまなくくっついて、ぴんと伸ばした指がそろって、祈っているようにしか見えない彼のからだがそこにあった。カムトが祈るかたちが見えた。彼のかたちが焼きついて、今度はしっかりまぶたを閉じた。


町でもっとも栄えているスーパーで、カムトが鍋にいれるという野菜を見ているあいだ、わたしは二度くしゃみをし、果ものの試食コーナーに置かれていたティッシュで洟をかんだ。ティッシュの肌理は粗く、ざらつきが鼻のしたを刺激する。野菜を選び終えてわたしの様子を遠くで見ていたらしい彼は、ここまで洟をかんでる音がしたよとまわりに訊こえるくらいの声でいった。わたしの近くにいた客が笑った。ティッシュをごみ箱に捨ててから、缶詰売り場で品定めをするカムトの元へゆき、ちょっとひどいねというと彼が少しにやけた。

「妹は缶詰が好きなんだ。グリンピースとか豆のはいった缶詰を振って、丸い音がするってよく遊んでた。だからなかなか、豆の缶を開けたがらなくて」

「じゃあ、食べないの」

「食べるのも好きだよ。保存する用に買うんだけどさ、豆の缶以外はたいてい買ったらすぐに食べる」

カムトの話を訊いていると、予告なくからだがふるえた。気づかないうちに、店のさむさでからだが打ちのめされているようだった。

「ねえカムト、ここ、さむいね」

「そうかな、スーパーなんてこのくらいだよ」

「ううん、さむいよ、山にいるよりもずっと」

「これぐらいならさむくないけどなあ。それより実以子ごめん」

「え、なに」

「千円借りちゃだめかな。足りなさそうなんだ」

「うん、いいよ」

「缶詰の値段が思ってたよりも高くて。ごめん、なるべくはやめに返すから」

「いつでもいいよ」

財布から千円札を取りだしてカムトに渡すと、ありがとうと彼がいった。八台あるレジはどれも混んでいて、わたしたちは赤ん坊をくくっているベビーカーを押した母親のうしろに並ぶ。携帯電話を慣れた手で扱っている母親の横顔は、電光のせいで青く照っている。対面式のベビーカーのなかにいる赤ん坊はわたしたちを見ていて、奔放で垢のない丸い手のひらを開いたと思ったら、さっきまでしゃぶっていただろう動ぶつを模した玩具がこぼれ落ちて、わたしの足元でとまった。しゃがんで玩具をすくいあげると、色にしてみればペールトーンのような儚い音がして、わたしは赤ん坊の短い手指に握らせる。わたしにはその動ぶつがなんなのか、赤ん坊の元に戻ったのを見てもなおわからない。赤ん坊が動ぶつを口に含んで食べかけたり手のなかでこねすぎて、元のかたちから変化してしまったのかもしれない。そもそもほんとうに動ぶつなのだろうか。赤ん坊の関心のゆくえはやがてカムトにいったのか、彼にむかって両手を広げて人間の言語になるまえの、音を口から発している。カムトは赤ん坊を見ようとしないで、持っている買いものかご、長葱が三本束ねられたのや舞茸のパックやつみれなどがはいったなかに視線をやっている。赤ん坊はぴちゃぴちゃと手を叩きはじめる。携帯電話に没入していた母親はやっと赤ん坊に気づいて、わたしたちを振り返って一瞬、鋭い眼で見つめた。

会計をすませたカムトとふたりでスーパーをでた途端、吐いたばかりの息が白くくもる。駐車場に停めていたバイクまで戻って彼が座席を開け、ふくらんだレジ袋をしまいこんだ。

「家まで送ってくよ」

「ここからだと、そんなに歩かないから、大丈夫」

「家はどこ?」

バイクにまたがったカムトが、ヘルメットをさしだす。わたしは剝きだしの手のひらでそれを受け取った。

食卓には、みりんに浸された肉じゃが、芯が残ったじゃがいもと鶏のそぼろ煮、天井の明かりが落ちている。どのおかずも似たような味つけと食材で、それらは口のなかで混ざりあい、呑みこむまでにほとんどおなじものになった。こんなに食べられないと呟いた父にむかって、すぐになくなるから平気よお、と母が明るく返した。

母は壜《びん》の醤油を父の取り皿に垂らし、お茶がなくなるのを見はからってお代わりを急須にいれている。いくつもの皿のかたわら、わたしの隣の誰も座らない席のまえには日記が置かれ、父はその厚みとむかいあっているはずなのに、まるで食卓にないものとして扱われている。ほんとうは父もひとりのときにこの日記を読んで、母の叫ぶ声がしみた紙のにおいを嗅いでいるからこそ、食卓から日記がどかされないのではないか。

シンクに広がった鍋や皿を洗っていると、夕食を終えてから二階にいっていた父が、リビングに戻ってきた。父はつやのある黒いダウンのポケットに、煙草と蛍光色のライターをいれてゆく。その振るまいには、むだなものを削ぎ落としたようなはやさがあった。

「急に呑みにいかないといけなくなって」

台所にいるわたしにむかって父がいった。父のあとをつけるように階段をのぼっていったはずの母はリビングにやってこない。

「お母さんにも一応いったんだけど、たぶん、明け方になるかもしれないからチェーンはかけないでくれるか？」

「うん、わかった」

「どうしても、すぐには帰ってこれなさそうなんだ」

「わかってる」

玄関のインターホンが鳴って、わたしは壁に備えつけられたモニターの画面を見た。映っているのはカムトだ。

「遅くにごめん、いま少しだけそとにでられる？」

「ちょっと、待ってて」

急いで自分の部屋にダウンを取りにゆく。ハンガーからはずしたダウンはまるで冷蔵庫にはいっていたかのように冷たくなっていた。階段をおりると、父は玄関で靴を履いていた。わたしはダウンをかたわらに置き、父と少し離れたところに腰かける。

「実以子もそとにでるんだろう？」

そういいながら近づいてきた父の手のひらが、わたしの背なかに触れた。いつも煙草を挟んでいる指の感触が、セーターのうえから表皮に伝わる。玄関の扉を開けた父は、わたしの背なかを押しやるようにしてそとにだした。待っていたカムトにむかって、父がこんばんはと挨拶する。カムトも挨拶し返す。そんなふたりを見ているうち、じゃあといった父がバス停のある方向へ歩いてゆく。

「ダウン着ないとさむくない？」

「うん、さむいね、きょうは一日さむかったね」

「いきなり来てごめん、はやく千円返したくて」

「わざわざ」

「きょうのうちに返したかったんだ」

「山で、渡してくれれば、よかったのに」

「次って思ってお互い忘れてしまったらさ、買いものがなかったことになる気がしたから」

わたしのうしろから、鍵がかかる音が訊こえた。

「あのさ、いまの人が実以子のお父さん？」

「うん、そう」

「もう暗いのに、いまからいったいどこにいくの」

わたしにもわからない。けれどそういってしまったら、歯切れの悪い会話が何層もつづくかもしれないから、黙ったままでいた。父に触れられた背なかがひりついている。じゃあまた山でね、とカムトはいい、バイクに乗ってライトをつけた。彼を見送ってから、ドアノブに手を伸ばす。扉は閉まったままびくともしなかった。インターホンを重ねて押しても、母が廊下にでてくる気配すらなくて、わたしは夜のなかにたたずんだ。雨戸が閉まっているから、どの部屋の明かりがついているのかわからない。すべての部屋が暗いのかもしれない。冴えた空気を頬張るようにして吸いこむと、たちまち喉の奥まで渇いて、咳がでた。わたしはいま戒めを受けていて、ここから動いてしまったらもっと母からゆるされない、そんな気がした。干しっぱなしの洗濯ものみたいにわたしをそとにだして、いったい母はなにを戒めたくて、正したいのだろう。けれどよかった、こうやって家のまえに立ちつづけている姿が、カムトの視界にはいらなくて。彼ならなにかわたしにとっての正しい方法を、わたしに訊かせる。だって自分の正しさに苦しんでいるくらい彼はきっと正しいのだから。

どこかで生きものが声をあげているのが訊こえた。いつまでもことばに変わることのない研ぎすまされた声、家のまわりを見渡すと猫がむかいの電信柱のまえで、真ん丸な眼をして見ていた。猫はわたしにも家にも近寄ってこなかった。

玄関先にしゃがみこむ。からだのなかの水分が冷え、腹部がひどく張ってきたところ扉は開いた。

〈一月九日　おとうさんからの連絡なし

おとうさんと私がセックスしなくなったのは家にあの子がいたからで、あの子の空ろな気配にやたらとじゃまされて、タイミングを逃してずるずるずるずる。あからさまに誘う年でもないし、だからといってまわりくどいとはぐらかされて、とにかくおとうさんとしなくなってずいぶん経って、きっとあの子が家にいるからだと思う。おとうさんと結婚するためのきっぷ。しかたないからきっぷを買って、妊娠したとき、何日かからだが妙に浮いていた。きっぷの値段は安いと思ったし、とてもよろこんだけれどそれは間違いだった。あの子が私にもたらした幸せ、それはただの一回。結婚したきっかけとして一回。ずっと育ててきたのに、なにを問いかけても浮ついた答え、なにを食べさせてあげてもおいしさを顔にだしもしない。張りあいがない。あの子のことがいつだってよくわからない。さしてわかりたくもない。あの子がもしもおとうさんに似たかわいい男の子だったら、いまの生活ともっと違って、かわいがれた。おでかけしたらそのへんの店でソフトクリームをねだる子ども。たぶんそんな男の子。ずっと見ていられる子。あの子を見ているとやたら疲れる。疲れてしかたなくて、そんなことならクリーニング工場でいつもみたいに、がやがや機かいの音いっぱいなところでワイシャツをプレスしていたほうがずっとまし。このまえあの子におとうさんと結婚したくだりを話したとき、軽べつしたみたいな表情だった。いっしゅんのすごい目。あんな目、ふつう親のまえでなんてしない。あの子はことばではなくて態度で私をいつもばかにする。顔色を変えないで親のこと、つまるところ私をさげすんでいる。なにも動じないから、あの子がなり振りかまわず動くところをいつか私は見てみたい。あの子にはそれらしい感情がない。つまらない。私にはつねにちゃんとした感情がある。最近とくにそんな感情を、あの子にもあの子以外の人にも踏みにじられることが多くて、せめて私だけは私のことをいたわってあげなきゃならないから、食べたいものを我慢しないでからだに与えてあげる。コラーゲンはつまり、とり、皮。それにしてもコラーゲンって、なんであんなに薬局とかネットで見ても高いものは高いんだろう。コエンザイムもこれから必須だよってパートの木村さん（私より八つ年がうえで、昔から日焼けばかりしていたみたいで肌が致命的にしわしわ）がいっていたけれど、サプリメントを何種類も買って、どうやったってまずいゼラチンを食べて、たんぱく質に肌が張りつめるのを期待して、ほんとうに皮ふが吸収するのか感じられないまま、やめてしまった。もし肌に効くなら木村さんの肌はとっくにきれいなはず。なんだかいろいろ面どう。うやむや。服のサイズがだいぶ変わって、からだの毛を剃らないで伸ばし放題にしてみたら、肌に赤い点々ができなくなって、収れん化粧水をつけなくてよくなって、なにより一番よかったのは、剃らないせいで足の毛が薄くなったこと。〉

まぶたのうら、いっぱいに霧が立ちこめて、からだの至るところからでる老廃ぶつでできた糸が眼球のなかでうねっている。指で取りのぞこうと眼をこすると、糸はきれぎれになって散らばった。だいぶまえに母は仕事にいったようで、ストーブを消したのちに漂うはずのあたたかさはどこにも見あたらない。シンクの蛇口をひねると水が跳ねて、いくつもの透明な丸があらわれた。グラスに水を注ぐ。熱をさげるための一包を、リビングの棚にある薬箱から取りだす。舌とうわあごのあいだに溶けてゆく粉末のにがみが、口のなかに広がる。薬を呑み終えたあともグラス二杯分水を呑んだ。わたしは自分の部屋に戻って、からだの跡形がついたままの布団にくるまった。

ひと月ほどまえからのぼっていた八つ山にゆくのをやめて、もう三日が経つ。このあいだカムトがヤシロで掘っていた穴、あれをさらに深くして、穴のなかにはいってみて、ゆっくり呼吸をしていればすぐに熱はさがるのかもしれない。こうして家にいるよりもはやく山へゆきたくなったけれど、ひざやひじが痛むいまは自転車を走らせるための力がない。

玄関で電話が鳴るのが訊こえる。横むきにして丸めていたからだが、さらに縮んでいった。頭まで布団を被り直して、みぎの人さし指となか指を、ひだり手首に押しつける。電話に触発されるように、脈がはやくなってゆく。布団のなかに流れこむ音が、手指のあかぎれやふだん見えない肌の部分にできた傷まで刺激して、わたしのからだはよけいに熱っぽくなった。

布団を剝がして階段をおりてゆく。あと三段で着地点になったとき電話が切れて、わたしは電波を断ち切るためにプラグに手を伸ばしかける。するとふたたび鳴った。名まえの代わりにヒツウチと表示され、取ってしまった受話器からは、人、靴、風、車輪、信号機、おびただしい種類の雑音が訊こえて「いま手紙をいろんな人のところに送っています」そういわれたかと思うと突然電話が切れ、電波のむこうにいる相手は大人か子どもか、生きている人なのかすらわからなかった。手紙を、人に、送って、閃光になったことばが耳にはじけた。郵便受けにはなにもなく、たまにダイレクトメールが来るくらい、小学校や中学校の卒業生の集まりのたぐいに誘われたこともないから、手紙についてはまったくこころあたりがない。もしも母にむけて手紙が来ていればば日記に書きとめるはずで、どの頁にも手紙という単語すらでてきていない。誰に宛てられたのかわからない、無記名のことばに引っかかりながら、プラグを抜いた。

部屋に戻ったわたしは、ベッドに横たわった。学校帰りなのか、そとから子どもたちの、おまじないを唱えているような声がして、耳が音をとらえやすくなっているのに気づく。冷えた足先がしびれはじめ、末端の感覚は鈍くなっているのに、耳はわずかな音も拾っている。玄関でものを置く音がし、ついで階段が軋むいびつな音がわたしの耳を圧迫した。

「あんたさあ、なに寝てるのよ。工場は」

黙っていても母は部屋をでてゆかず、布団から顔だけをだす。

「やすんだの」

「なによ、調子が悪いの？」

「風邪を、引いた、みたいで」

「なにやってるのよ。わたしのほうがだいぶ悪いわ、あんたとふたまわりも違うんだから。いっとくけどからだががたがただからね。風邪がうつると困るからおりてこないで」

「わかった」

「よそで男と逢ってるからいけないのよ、だから風邪なんか引くわけ。あんたがいけないの」

「……え？」

「こないだの夜、家に来たあの男。あんなのと一緒にいるからよ」

「あの日は、違うよ」

「きっと毎日毎日あの男の家にでもいってるんでしょう。どうせ工場で知りあったんでしょう、あそこくらいしか出逢いがないから。もしかしたらあんたのほうから好きにでもなったの？」

「あの、違うよ」

「なにがよ、とにかくやめなさいよ。あんた実らない子なんだから」

「なに」

「あんた実らない子だから、実以子なの」

「それ、わたしの名まえ」

「そうよ、なにまさか。いまごろしったの？　あんたに話したことなかったっけ。てっきり話したことあると思ってたけど、あんたが訊いてこなかったからわたし話さなかったってことよね、それって自分の名まえについて疑問を持ったことがなかったからよね。もう一度いうわね、なんの実りもない子だから実以子っていうのよ。とどめをさしたわけじゃないからね、ちょっと面白くなっちゃって。それにしてもあんたって、ほんとうになんていうか鈍感すぎる」


風邪が治ってから毎日、習わしのように八つ山へいった。カムトはやってこなかった。最後に別れてから半月分の夜がすぎて、お互いの携帯電話のかたちを知らないわたしたちのやり取りは途絶えている。山へゆくときと帰るときには必ず、彼の家のまえを通りすぎてみた。けれどガレージにバイクはなくて、二階の雨戸はいつも閉まっていた。

トレイの透きまをメンチカツで埋めつくす。メンチカツはどこからか湧《わ》いてくる虫のように、ケースからなくなることがなかった。首筋が硬くなってきて、ころあいを見はからいメンチカツから眼を離すと、まわりで働いている人たちの眼や手つきがふだんと違うのに気づいた。だいたい決まって一緒になる顔ぶれでなく、休日のシフトではいる学生たちが混じっている。きょうは日曜日だった。工場の休憩室に疲れを捨てられなかったわたしは、山へ寄らずに真っすぐ家に帰ることにした。

リビングのソファでは父が携帯電話をいじっていた。薄い平面の電子のなかに、興味のあるニュース、好みの画像、よく逢っている人への発信履歴、父のいろいろが閉じこめられている気がした。わたしは台所の換気扇をつける。天井の四隅まで均一に、父の吸っていた煙草の灰色のにおいで満ちている。換気扇の唸りを訊きながら、洗剤で手についたにおいを消そうとすると、お帰りという父の声がした。

「お母さんしらないか？」

起きあがった父が、食卓の椅子に座る。

「明日着るシャツが見あたらなくて、どこにあるか訊きたかったんだけどいないんだよ」

「仕事だと、思う」

「日曜も仕事、最近からか」

「たぶん」

「おれこの時間家にいるのが久しぶりだから、わからないな」

母がでかけるときにつくったのか、食卓にナポリタンが置いてある。それはまえに父が時折食べたいとひとりごとのようにいっていた、フライパンの火で赤が濃くなったナポリタンで、三人分のおかずを盛るときの大皿に載せてある。

「それ、食べてもなかなか減らないんだ」

ウインナーばかりのナポリタンはラップで封をされて、うちがわに水の粒が溜まっていた。台所にゆくと、シンクにはフォークも取りわけた皿も、父が食べた跡はひとつもなかった。

「実以子、食べられるだけ食べていいよ」

わたしが答えずにいると、父がつづける。

「むりなら残せばいい。どうせお母さんがどうにかする、必ず残りを食べるよ。なにしろあんなに太ってるんだから」

「あの、これ、お父さんの、ためじゃないの」

「これがおれひとり分の量？　おかしいよ」

父は笑いながらいうけれど、すぐにその顔がしぼんで静かになった。

「煙草がないからコンビニいってくるけど、なにかいるか？」

いらないといって冷蔵庫に呑みものがあるか捜す。牛乳と珈琲の紙パックがはいっている。わたしはそのどちらも呑む気がしなかった。

「欲しいのがあったらいいなさい」

蛇口をひねってグラスに水をいれる。いらない、もう一度そう返すと、父がわたしの名まえを呼んだ。わたしに宛てがわれた名まえ、そのいきさつについていまさら父に訊ねてみたくなったけれど、でかかることばを押しとどめた。

「おれさ、実以子ぐらいのときにひとり暮らしをしたんだけど」

わたしはリビングから去る機会を逃してしまう。

「生まれた家をでてから、ひとりで暮らしたのってせいぜい五年くらいで、考えてみるともう少しひとりで暮らしてればよかったのかもしれない」

「……うん、それが、どうしたの」

「いやさ、ひとりっていうのは気楽なんだよ。なにをするのにも。おれはひとりで暮らしてたとき、週に五回は甘いものを買ってたんだ、一度買ったものはもう買わなかった。いつも違う甘いものが欲しかったから」

「うん」

「実以子は家をでたいと思うか？」

「家を？」

「いつまで、ここで暮らすんだ」

「あの、どうして」

「実以子が家にいるのが、ずっといるのが、おれにとってはあたりまえなんだよ」

「あたりまえっていうのが、ちょっと、わからない」

「理屈じゃなくて、そういうものに思えるんだよ。そのくらいの歳になると、ひとりのことを考えるかと思って訊いてみたんだ。いまいった通り、ひとりだと気が楽になるから」

「ひとりのことって、ひとりで、暮らすってことを？」

「そうだよ。でもおれにとってはあたりまえでも、実以子にとってはどうかわからないだろう。ずっと家にいるんじゃなくて、ほんとうはでていきたいのかもしれないし。その、お母さんと相性がよくないみたいだから」

父のあらゆることばが、どこかで暗記した科白《せりふ》に訊こえてくる。わたしはナポリタンの皿をシンクに持ってゆき、三角コーナーに捨てた。すぐに三角のなかにおさまらなくなって、溢れだした。やがて立ちあがった父が台所にやってきて、シンクに置かれた灰皿に溜まる吸い殻、そして枯れた灰を、ナポリタンのうえに落とす。

「もったいないことをするなあ」

ふるえる電子音が台所に漂い、父がスウェットのポケットをまさぐる。会社からだといってリビングのドアを開けたまま、廊下の突きあたりにあるトイレにはいって鍵をかけた。わたしは履いていたスリッパを脱いで、足音を隠す。廊下の床に靴下一枚へだてた足のうらで抗う。足のうらが凍えてきて、爪先で立ってみると、たちまちからだの平衡が崩れてしまった。トイレの薄い扉に顔のひだりがわをつける。耳たぶでドアの肌をこすっていると、あいづちを打つ父の声が訊こえた。このあいだ洗面所で訊いた声よりもあざやかで、ひだりのこめかみや頬まで埋もれるようにして扉にからだをくっつけると、首からうえの自由が利かなくなった。それが見たいの？　明日か——ぜん、はちょっとだめなん——から昼ごろなら、会話のあいまに父は、スーパーでおまけつきの菓子を見つけた子どものように笑う、少しお、れる——しれない、もしあれだったらきみいって——よ、わたしは扉に張りついたままでいる、きみはほん——に好きだね、えい、なん、映画館は——でしか、見ちゃいけないもの？　逢いたいねえ、ひゃ——やく、明日に、ならないかな。

表皮に透けるのは枝わかれした紫。人に見られることのない血管なのに、隠しておきたくて、ダウンのポケットの暗がりに両手を紛れこませる。わたしが感じる時間は血液と一緒に、からだのなかを流れつづけている。わたしはその流れをそとがわから触れることができないけれど、からだのうちがわからはいつでも、触れることができる。

交番のなかの時計は午後の一時をさし、町をでてからちょうど一時間が経っていた。舗装された小さな橋を歩く。そのしたの川は深緑色の水を溜めこんでいるばかりで、流れを失っていた。橋のちょうど真んなかで立ちどまったわたしは、鳩のふんがこびりついた欄干に触れないようにして、川をのぞきこんだ。泥と生命が交わったにおいが漂ってくる水のなかには、巨大な鯉が何匹も口を開いて、ひとところに固まっていた。

橋を渡ってから脇道に逸れると、すぐに映画館はあった。なかにはいり、ゆるやかに動くエスカレーターに乗って二階にあるチケット売り場にむかう。平日の昼すぎという時間帯のせいか、窓口の近くのベンチに老齢の人ばかり座っていた。緑がかった眼をした女の映画のポスターには、ロングラン上映と記されているけれど、わたしはそれを見る気になれなかった。ひそやかにはじまる映画を捜して、半世紀よりもまえにつくられた日本映画のチケットを買う。何十もある席のうちから、最後列のひだり端を選んだ。

わたしの網膜はスクリーンに照らされてきらめく。女のブギウギではじまる冒頭が耳にリズムを送りこんでゆき、ふたつの耳の穴をやさしくふさぐ。少しまえの真んなかに座っていた男が女の科白のたびに笑い、なにごとかをしゃべっていて、よく訊いてみるとそれは科白で、やがてなぞることに飽きたのか静かになった。映画のなかの季節、春の模様はそこかしこに散らばり、幕からのぞく粒子にむかってかざした指先が光で縁取られる。かさぶたをこするような音や破裂したとうもろこしのにおいはしない。だからポップコーンを食べている人はひとりもいないのかもしれない。スクリーンを占拠するふたりの母が、子どもを笑顔で取りあって、さしだして、また取りあっている。母性と女性、性にもたれるひとつの文字の違いだけで、ことばが変性する。そろそろと時間の摩耗を見はからって、女のブギウギがふたたび館内に響く。みずみずしい女の声が訊こえなくなるとわたしのまぶたが閉じてゆき、温泉にいる按摩《あんま》が、石につまずいてはならないよと客席にむかって叫ぶから、また幕を見つめ直す。モノクロームの点の集まりはなだらかに動いて無限にわかれてゆき、子どもは禁じられた空き地で仮面を被って歌う女のほんとうの顔が、母であることに気づかない様子。何度でも訊いてきた声が耳をゆすっているのに、子どもは女の粘膜の山道を抜けてきたことにも気づかない。粗筋はふたりの母、産んだ母と育てる母にむさぼられて、なにかしら呑みものでも、できれば冷えて縮こまった血管を広げてくれるようなホットココアを買ってこようと思ったけれど、もう立ちあがるには呼吸がゆるく、ひだり手の脈は落葉のように地面にねむる。


一月の四度めの火曜日に、カムトが家を訪ねてきた。

「久しぶり、だね」

「きのう寄ろうとしたんだけど、遅かったからよしたんだ」

「うん」

「実以子、山にいかない？」

「いまからだと、日が、暮れちゃうよ」

「バイクで来たからうしろに乗ってよ」

インターホンでの会話を切りあげてから、自分の部屋にゆき身支度をすませる。ヘルメットを被りバイクにまたがると、すぐにカムトはエンジンをかけた。巡回するパトカーがむかいから走ってきて、なにも悪いことはしていないはずなのに緊張し、彼のダウンを強くつかむ。カムトのからだが頼りない。まえに触れたときよりも腰のまわりが細くなっている気がした。

信号待ちのあいだカムトは、きょう仕事のまえにラーメン屋にいったことを話す。お互いの耳が覆われているから、彼の声はいつもより大きくなる。

「うまいのかまずいのか、味がわからなかったよ」

「味が、しないの？」

「ううん、しないわけじゃないんだ。水を呑んだら機械じみた味がしたしね」

青になった途端、カムトがことばを置き去りにして走りだす。まえからうしろからやってくる風がからだにまとわりつき、皮膚の感覚をさらおうとする。

カムトの家のガレージにバイクを置いてから、ふたりして石段をあがった。きょうの彼の歩調ははやい。できるだけ差が開かないよう、時折一段飛ばしてあがると、唇の透きまから荒い息が漏れだした。

境内が見えてきたころ、わたしを待っているとカムトがいった。彼の眼は充血していて、視線がななめしたにあった。いま待たせたらいつもの石段の地点からいなくなり、そのまま彼はどこかにいってしまいそうに見えた。

「ヤシロにいかない？」

神前にゆくのをやめてわたしがいうと、カムトは静かにうなずいた。


あのさ、はじめから名まえがついてないような、八つ山にそっくりな小さい山の、砂利が敷き詰められた道の奥に妹はいたらしいんだ、とりあえず暗い牢獄みたいなところに警官がぼくを連れてって、水仕事のあとの母親の手指のひび割れに似た口して、間違いないですかって、そこで妹に逢った、妹は中学が嫌いだったから制服も、どうしても嫌いだったから、そのときもコートのしたに白くてふわふわしたニットのワンピースを着てた、妹のお気にいりで、よく眼についた毛玉を指でいじるようにして、妹は飽きずに取ってたんだ、警官はふたりだったな、そのうちの片っぽの警官がまだかなり若かったのを覚えてる、ぼくはそのとき十八歳だったけどおなじかぼくより歳したに見えた、妹は道の途中で靴を脱いでったみたいで、靴だけじゃないよ、靴下までもね、それで裸足だったんだ、冬の真っただなかなのにふしぎだよね、そういえばもうひとつふしぎなことがあって、地面を踏んでる足のうらは汚れてるはずなのに、真っさらできれいだったんだ、それがほんとに、土なんて生まれてから一度も踏んだことがないってくらい、真っさらきれいで、足のうらがまぶしくて、少しだけ妹から遠ざかった、警官がまた間違いないですかって訊くからぼくは妹の足元から眼のきわまで見ていかなきゃならなかった、見つめてると、耳とか鼻とか口から、つまり穴からさ、花が咲いてて、こういうときはみんな涌いてしまうんですからだのなかで産んでるみたいでって、若くないほうの警官が、妹のからだからまた新しく花が咲きはじめてるのを見てるときに話しかけてきた、ぼくはそのとき確かに花に囲まれてる妹を見たんだよ、若い警官は妹を視界にいれないようにしてぼくの近くに立ってた、じゃまだったな、じゃま、でもぼくが警官をじゃまだと思ったのと比じゃないくらい妹は、ぼくのことをなによりもずっとじゃまだと思ってたかもしれないね、妹の友だちとか同級生のことにあれこれ口を挟んでさ、妹が家に連れてくる女の子たちに話しかけてみて、妹にとってよくないと思ったら妹にもその子にも伝えたし、妹の好きになった男の子っていうのを調べていいか悪いかぼくが判断した、そのうち中学で噂が立ちはじめたんだよ、妹が中学にはいったときぼくはもう卒業してたけど、噂を人づてに訊いたよ、ぼくたちきょうだいはおかしいって噂、ねえ思えばおかしいって便利なことばだよね、理解できないものとか、うまく説明できないくせに納得いかないものをみんな、おかしい、に分類してさ、とりあえずおかしいっていっておけばすむんだろうね、いやな噂を立てるだけ立てて自分と線引きするんだから、とにかくぼくたちは家族じゃなくて、きょうだいだけどつきあってて、毎日家でセックスしてるんだろうっていわれて、妹はいじめられるようになったんだよ、使ったあとの生理用品を鞄いっぱいに詰めこまれてサニタリーボックスってマジックで鞄のおもてに書かれたり、賞味期限が明らかにすぎてるんだろうなってヨーグルトを机のなかに塗りたくられてたり、あげてみればきりがないよ、だんだん近所の人たちもぼくたちのことを分厚い色した眼鏡で見はじめた、ふたりしてそとを歩くだけでみんなから気持ち悪がられた、山にいくところを見られたことがあって、ヤシロで遊びたかったからいっただけなんだけど、そのときはさ、家だけじゃなくて山でもおかしいことをしてるって、罰があたるんじゃないかっていわれた、誤解だよぼくたちのこと見たくないなら見なければいいのにそういう人たちは見たがるんだろうね、近所の誰かから母親の耳にはいるまえに妹はヤシロにいくのをやめたがった、いままで遊んでたところにいけなくて、他人に制限されてしまったみたいでぼくは納得いかなかったけど、妹は傷ついてた、それから山に、ヤシロにいかなくなったんだ、妹がはいったばかりの中学でみんなからありえないことばの火であぶられたのをしって、傷ついたらいけない、妹が正しくて、まわりにいる人間が間違ってる、正しいことほど拒まれる、でも間違ってるよりはずっといいよ、ぼくは時間をかけてそれを妹に伝えてった、なによりぼくたちは噂されるようなことなんてなにもしてない、なにも間違ったことはしてないんだからそんなことで生活を変えなくていいって中学にいけなくなった妹にいったんだ、それから、守りたかったから、妹のからだを覆うようにして抱きしめた、だいぶやせておなじ血が通ってるのが信じられないくらい冷たかった、ふるえてたから、これから先のことを恐がってたのかもしれない、警官がいうにはさ、妹が持ってたものは数百円しかはいってない財布とランタンだけだったらしいんだ、近くには手紙の一枚、走り書きのメモすらなかったみたいだった、ランタンはご自宅のものですかね、財布のなかにレシートなどなかったものでって警官がいったんだけど、小ぶりの白いランタンなんてぼくは家で一度も見たことなかった、わざわざそんなものどこで買ったんだって妹に訊きたかったけど訊けなかった、どうしてぼくは明らかに正しくて薄っぺらいことしかいえなかったんだろう、正しいって正解じゃないのかな、いえばいっただけ妹を傷つけて、ぼくのことばがじゃまなのにぼくにいえなくて、妹をゆがめてしまったのかな、謝りたくて何度もごめんといったけど、妹は答えてくれる代わりにからだじゅうから花を咲かせてて、とまらなくて、舌がもつれて口がからからで声なんてでないけどごめんをいいつづけてたぼくにむかって、誰かに襲われたわけでもなにかに巻きこまれたわけでもありませんって警官は、告げたんだよ。


カムトはダウンのポケットから、窮屈そうにはみでた布を引っ張った。

「見て」

「なに、それ、くしゃくしゃだよ」

「妹に似合うと思って買ったんだ。この町にいいのがなかったから、バイクでほかの町まで捜しにいって」

カムトが布を両手で広げる。それは袖のない真っ白なワンピースで、腰から裾にかけて空気を含んで開いていた。彼は薄い布を地面に置いてから、かたわらの土に手を突っこんで静かに掘りすすめてゆく。ダウンの袖が皮膜のこすれるような音を立てて、やがてカムトのこぶしふたつ分ほどの穴ができた。彼はひざのうえでワンピースを丁寧に畳んでから、その穴に沈める。

「それを埋めても、土には、還らないよ」

カムトは土を被せるまえに穴に手をいれた。

「還るんだ」

「還るって、ほんとうに、信じてるの?」

「そうじゃなくてさ、信じてる信じてないってことじゃなくて、とにかく還るんだよ。だから生き返って欲しいものはなんだって埋めるんだ」

穴から手を引き抜いたカムトは土を被せて、地面との境いめを元に戻していった。

「ぼくは謝りたいのに」

「なにを、謝りたいの」

「最初からだよ。ぼくが兄になったところから」

「ごめんって、謝らなきゃ、ならないことなの?」

「そうだよ妹に謝るんだよ、神さまにじゃなくて。もしも神さまがいるなら、なんで神木に落雷があって近くにいる人が感電したり、参拝した帰りの車で衝突事故に遭ったり、なんで祈ったあとにすぐそんなこと起こるの、矛盾してるよ。なにそれは淘汰でもしてるの。流れてるニュース見て神さまが淘汰してるんだねって一応納得して、生きてる人は毎日を繰り返してくの? 祈ってれば病気のからだが治ったり、米が買えない人でも食べるものに困らなくなるの? ぼくはさ、神さまを信じてないんだよ。

見たことがないし触ったこともない。いろんなもの、すべてのものに神さまは宿るっていうけど、ほんとに宿ってるのかぼくにはわからない。神さまが宿ってるなんて到底感じられない、そんなものを信じるのはむりだよ。だけど神さまじゃなくて、妹を、一度見て触れてつかめたものを、感じられたものをさ、そしてそれがなくてはならないと思えたら信じることはできるよ。だってぼくたちには生まれたときにすでに信じる機能が備わってるんだから。きみまえにいったじゃないか、だからぼくとおなじだよ。ぼくと。信じるということ、生まれたときから備わってるってまえにいってたじゃないか。その機能はね、遺伝子みたいなもので複製されてるんだよ。人から人にね。でも名まえすらないからみんなその機能について気づかずにいる。だから信じることの根拠、ゆくえさえ自分ではわからないんだ」

カムトが送るといってくれたのを断って、ひとりで歩いた。静けさをよそおった風に頭をなぶられる。ダウンのフードを被ったら、少しだけそとにむけた感度が弱くなった。夜がさらに重ねられてゆく道を時折走ると、鼻頭にはうっすらと汗をかくのに、マフラーの透きまからはいってくる冷気が首をさした。真空の暗がりが背後から迫る。

からだはいつまでもこわばったかたちを記憶している。

「あんた遅くまで、どこいってたのよ」

食卓の椅子に座っていた母のまえには、スーパーの袋がふたつ置かれている。

「まだ夕飯をつくってないのよあんたのせいで。もっとはやく帰ってくれば椅子から立ちあがれたのに、ことごとくタイミングが悪いわよ。あんたのことを待ちたくないの、それにあんたわたしが夕飯つくるのってあたりまえだと思ってるでしょ。違うからね。恵まれてるわけ、すごく」

母は買ってきたものを座ったまま、ひとつずつ器用に袋からだしてゆく。バター、生クリーム、シチューのルー、パックの脇に血の混じった汁がでている鶏肉、これから食べるものが、打ちあげられたように食卓に置かれる。おとといもおなじ献立で、鍋の底が見えないホワイトシチューが跡形もなくなっていたのはつぎの朝だった。

「きょうは工場でなに詰めたのよ。どうでもいいけどくさいのよ」

台所にゆく素振りを見せずに母がいう。

「あんたなんかね、食べものにおいにまみれてればいいのよ。その脂のね、くさいにおいに隠れてそのまま歳を取ってけばいいのよ。ただ家と工場とを往復してるだけでいいの」

しぼんでゆく兆しのない袋からチョコレートの板をだした母が、銀紙ごと割ってかけらをしゃぶってゆく。脂質の多いものばかり好んでいる母のからだのふくらみはもうとまらなくなっている。

「なんで、あんたはなにも返さないの？」

玄関の扉が開いたのを契機に、わたしの鼓膜はうずき、耳に心拍が乗り移る。

「やっと帰ってきた。お父さんを待ってたの」

父がリビングにあらわれて、さむいなあと両手をこすりあわせた。ソファに座ってテレビをつけようとした父にむかって母が、わたしの帰りが遅かったことを伝える。父は曖昧な返事をして、コマーシャルだらけのチャンネルを選ぶ。

「ひとりじゃないわ、実以子は誰かと一緒にいるのよ」

「小さい子どもじゃないんだから。べつにいいんじゃないか」

「なにしてるのかしらないけど、男よ。このまえ夜遅くに家に来た常識のない男、お父さんも見たじゃない」

「実以子に任せておけばいいだろう」

「ほんとうにこれ以上わずらわせないでよ実以子。子どもができたとか借金したとか、突然ことばで脅迫してくるのはやめて」

「わたしは、そんなこと、しないよ」

母は椅子に座ったまま、近くに立っているわたしにむかって、なにをよ、なにをしないのよ、とにらむ。

「いま、お母さんが、いったことだよ」

「だから。だからなにがそんなことしないよなのよ漠然として。わたしのことどれだけばかにしてるの？」

「してないよ」

「してる。それにあんたって自分が潔白だと思ってる？　全然違うわよ。だってわたしの日記隠れて見てるでしょう。毎回日記の位置が最後に置いたときと微妙にずれてるもの。数ミリの差とかわたしわかるの。いったいなんになるわけ勝手に人のもの見て。いやらしいのよ」

日記を顔のまえにかざしながら母はいう。

「あんたはなにもいい返さないけど、よくよく考えてみると相当おかしいわよね。栄養は足りてるし動いてるししゃべれるはずなのに、思ってることをいえないってことは、思ってないのとおんなじなわけよ」

「あの」

思いきって声をだしたつもりが、でてきたのは息に紛れた声だった。

「なに、あんた日記を見たこと謝るつもり？」

「どうして、置いてたの」

「置いてたわたしを責めてるの？　人のもの見ておいて、責めてるの」

「日記、わざと書いて、わざと置くんでしょう」

「なんでわたしがわざとそんなことしなくちゃならないのよ」

「口にするだけじゃ、足りなくて、ことばでちゃんと人が傷つくのを、わかってるのにお母さんは、かまわないで、ぶつけ足りなかった分を、書いてるんでしょう」

テレビの音量があがり、振り返ると父が困った顔をしてわたしを見ていた。いい返さないほうがいいぞ、といってから父はリビングのドアを開けて廊下にいった。母は父を追いかけてゆき、わたしにかけたときとは違う声のトーンで、ことばを投げかける。ちょっと待って、悪いけどちょっとおれいくよ、どこにいくの、だからちょっとコンビニ、待ってくれない、ちゃんときょうは帰ってくるから、待ってくれない？　だいぶ疲れてるんだよ、どのあたりが疲れてるの、からだ、疲れてるの？　からだが疲れてる、おれでかけなきゃいけないんだよ、それに喧嘩ならふたりだけのときにやってくれよ、おれがいるときに、なにかいわれるのはうんざりする。

廊下で反響するやり取りを訊いていたわたしはリビングをでた。口を結んで開かないようにして、そとにゆく用意ができた父を見つめた。

「いってくるよ」

父は母とわたしに顔をむけていったけれど、その眼の焦点はあっていないように見える。そして口角をあげもさげもしないで、感情がわからないような顔をつくっていて、消えてゆく機会をはかっている気がした。

「お父さんなるべくはやく帰ってきて、はやく食べるものをつくるからね。待ってるから」

そういった母に背をむけて父は、夜のあぜ道へでかけてゆく。


走りにくい道にさしかかると、自転車のかごのなかで小さな懐中電灯が音を立てた。静まり返った道がみんなわたしのものに見えたけれど、そのどれもが欲しいものでなかった。わたしは自分の欲しいもの、望んでいるものがなんなのか真っ先に思い浮かべられなければ声にだせもしない。

さまざまな色がねむっているなかで山の尖端だけが光っている。青みを帯びた光が視界のなかでにじんでゆく。山の入り口につくと、自転車の鍵もかけずに鳥居をくぐり抜けた。懐中電灯で足元を照らす。石段の影が見えて、わたしは昼間の太陽をたくわえた石のうえをつたっていった。石段はひしめきあい、手にたずさえる光がなければ、足のうらはどこを踏んでいるのかわからなくて、足をまえにだすたびに頭の芯がふるえた。石段をのぼりきって神前まですすみ、スイッチを切った懐中電灯をダウンのポケットにいれる。

足のうらと地面とのへだたりを縮めるため、脱いでゆくのは靴と靴下、たいらな石のひび割れた部分にかかとがあたったままで立っているうち、肌にまで亀裂が伝わった。

わたしは小銭を一枚も持っていなかった。手さぐりで太縄を振る。鈴音がこめかみをかすめて、境内の至るところに散らばってゆく。眼をつむっても、ことばの群れどころか、ただのひとことも生まれてはこなかった。ことばになるはずだったひとつひとつの感情が、からだのなかでよじれ溜まってゆく。祈るかたちをつくることすらできないわたしは、取りだした懐中電灯の光をみぎひだりにむけて、いままで何度も往来した道のりを裸足で歩いていった。

ヤシロの地面を照らすと、薄汚れた大きなスニーカーが見えた。スニーカーの爪先をいままで何度も見る機会があったのに、地面ばかりを見ていたせいで、カムトの靴のメーカーがわたしとおなじものだというのをはじめてしった。懐中電灯を少しずつずらしてゆく。脱皮したばかりの虫のように横たわる彼は頭を抱えているから、表情は見えなかった。やがてカムトが低い唸り声をあげながら、頭を揺らす。わたしはスイッチをいれたままの懐中電灯を土のうえに置き、ヤシロの中央が見渡せるぐらいの光をつくる。

「カムト、なに、してるの」

「うずくまってみてる」

「それは見たら、わかるよ」

「わかってる、ぼくもわかってるんだよ」

「わかってる、ってなにを？」

「頭のおもてがわではわかってるんだよ。ほとんどのことを」

「おもて？」

「そうだよ。頭にはおもてがわとうらがわがあって、おもてがわに世界とむきあってく能力があって、それを実際の生活でも使ってる。だからわかるよ、有機ぶつと無機ぶつの違いだってぼくもわかるよ、でもどう思おうと、わかってるんだからいいじゃないか」

横たわったままでいうカムトは、かたわらに置いていた白色のランタンをつける。だいだい色の柔らかい光がわたしたちを丸く囲って、わたしはつけっぱなしの懐中電灯のスイッチを切った。

「ぼく、自分が土に埋まるところを思い浮かべてみたんだ。年老いてって皮膚がしわくちゃになって、視覚や嗅覚、五感が曖昧になって、血が巡らなくなって、長い、とてつもなく長い時間をかけてからだが溶けて、朽ちてってことを考えてみたんだけど、うまくいかなかった。なんだろうね、明日でも明後日でも、冷凍庫のなかにはいって働いてるところは浮かぶのに、なんだろうね。土のなかにとどまってることがどんなことなのか、うまく描けないんだ」

カムトのまぶたはふだんよりも腫れている。わたしは地面に腰をおろして、自分の足の指を包むように触った。足の指も手の指も、温度を感じにくくなっていて、どちらがどれほど冷たいのかがわからない。

「裸足じゃあさむいよ」

「いま、足のうらの、感覚がなくなってくの」

「冷凍庫にいるときのぼくみたいだね」

「そう、だからわたしもいまなら、少しだけ、わかる」

「わかる?」

「そう、感覚がないと思ったときには、もうだいぶ経ってるの」

「わかるっていうのは、きっといいね。わかるっていうのはさ。いろんなことがわかるとき、そこには自分の意思もからだもあるんだから」

「そうだね」

「なんで、実以子はここへ来たの」

「カムトがいたら、伝えようと思って、来たの」

「なにを伝えてくれるの」

「わたしはもうここに来るのをやめる」

ひとつづきでいってしまうと、頭のなかがすっきりとした。カムトがなにかをいうまえに、彼のからだをやさしく揺する。カムトはからだを起こして、まわりの地面をランタンで照らした。光がちらついて、土のまえにかざしたわたしのひだり手が、影になって地面に縁取られる。そのまま地面に両手をつく。わたしは土を引っ掻くようにしていくつもの穴をつくってゆく。土のなかをさぐっていると、やがて布をつかんだ。埋まっていた布は水分を含んでしめっている。その表面にまとわりついた土を払うために一度はたくと、粒子が夜の空気のあいだを舞った。

「着てみせてくれないかな」

黙っていると、お願いだから、とカムトがかすれた声でつづけた。わたしは足のうらを引っくり返してみる。細やかな土がかかとにめりこんで、枝の模様をつくっていた。ところどころ枝わかれしながらも、皮膚に刻んである模様は真っすぐに伸びていた。わたしが衣服を一枚ずつ剥がしているあいだ、カムトは背なかをむけておとなしく座っている。ダウンやジーパンを地面に落として下着だけになると、二の腕や太ももを、すばやい風がひるがえした。からだじゅうの皮膚が毛羽立ってゆく。衣服で隠れていたにおい、食べたものと呑んだもの、生きている明らかなにおいが鼻腔をくすぐった。ワンピースはランタンの光を集め、息をするようにかがやきを吸いこんでからきらめく。両腕を通してひだりの脇にあるファスナーを閉めると、からだのくぼみに布地が添っていった。

「もう、大丈夫だよ」

声をかけると、座ったままカムトが振り返った。そして彼はランタンを持ちあげて、わたしの足元から顔にかけて照らしてゆく。

「そのワンピースさ」

「うん」

「似合わないよ」

「そう、かな」

「きっと、似合わないよ」

カムトは光を持っていないほうの手を伸ばし、ワンピースに触れる。

「お願いだから」

「なに？」

「一度だけ、まわってみて」

そういわれたわたしは、ひざが隠れる裾を少しだけたくしあげてまわった。ランタンを地面に置いたカムトがいたずらに手拍子をする。その肌のあわさる音を訊いて、わたしはふたたびまわった。ざらついた地面に足のうらをこすりつけるたびに、尖った痛覚がわたしのからだを通ってゆく。カムトの手拍子にあわせてまわってみせるたびに、眼のまえの景色がついてくる。踊るようにまわっているあいだ、カムトはワンピースを着たわたしを見つめている。見つめているのはわかるのに、顔に影ができているせいで、彼の顔の変化がわたしにはわからない。

手拍子がしなくなって、わたしはまわるのをやめた。めまいで足元がふらついて、立っていられなくなったわたしは屈んで、そばに置いた自分の懐中電灯を持つ。スイッチをいれて彼の顔に光をあてると、ここへ来てからはじめてまぶしそうに眼を細めた。

「もう朝みたいだ」

唇の端をふるわせてささやくカムトの顔を、わたしは両手で覆い隠す。

第四一回すばる文学賞受賞作
初出「すばる」二〇一七年一一月号
装幀　名久井直子
装画　松本峻介「橋（東京駅裏）」（神奈川県立近代美術館蔵）

山岡ミヤ（やまおか・みや）

一九八五年神奈川県に生まれる。法政大学社会学部卒業。二〇〇七年「魚は水の中」で第二四回織田作之助賞〈青春賞〉佳作（別名義）。二〇一七年本作で第四一回すばる文学賞を受賞した。

光《こう》点《てん》

二〇一八年二月一〇日　第一刷発行

著　者　山《やま》岡《おか》ミヤ

発行者　村田登志江

発行所　株式会社 集英社

〒一〇一-八〇五〇

東京都千代田区一ツ橋二-五-一〇

電話　〇三（三二三〇）六一〇〇（編集部）

（三二三〇）六〇八〇（読者係）

（三二三〇）六三九三（販売部）書店専用

印刷所　大日本印刷株式会社

製本所　株式会社ブックアート

定価はカバーに表示してあります。

ISBN978-4-08-771135-6　C0093